二語十

La detective está muerta.

[ill] うみぼうず

9

偵探已經，死了。

「我好心收下吧。」
我微微回過頭，見到夏凪把視線
落在地板上，看起來難以啟齒的樣子。

但她還是左右搖晃著
我的袖子說道：
「鈕扣，
如果沒人要，我可以好心收下喔。」

「原來妳那麼喜歡水族館嗎？」
「是呀，因為到處充滿了
跟我眼睛一樣的顏色！」

吸血鬼竟咬破自己左手的拇指，
然後把手伸出艙門外。
鮮血從他拇指流下，
乘著風灑落到街上。

「哈!哈哈!
這是鮮血饗宴。開心吧,人類。」
「……今天的天氣預報
肯定每一家都預測
錯誤了吧。」

一位偵探的筆記

20××年×月×日

今天，久違的吸血鬼之王出現在我面前了。

講的內容還是一如往常，問我要不要成為《[redacted]》。

我對此只有傻眼回應「你還是老樣子的蘿莉控呀」，

而他則是笑說：「看在吸血鬼眼中，人類全部都是小孩子啊。」

這是我們之間經常會講的固定笑話。

不過，他實際上是抱著什麼樣的心情在講這些話呢？

我知道所謂的吸血鬼並非傳說中描寫的那種存在。

他們是兩百年前被《[redacted]》創造出來的[redacted]，

決不擁有[redacted]的[redacted]。

即便如此，戴著面具的王依然愛笑、愛講話，然後愛欺騙。

欺騙人、欺騙世界，甚至欺騙自己。

假如我是白日夢，那麼他就是惡夢（nightmare）。兩者絕不交融。

因此就算必須與他對峙的一天到來，

能夠背負起那份任務的人也不會是我。

那樣的人選，舉例來說應該只有跟我恰恰相反的《[redacted]》。

又或者……跟那個王有點相似的，《[redacted]》的少年而已吧。

偵探已經，死了。
La detective está muerta.
9
二語十
[皿]うみぼうず
La detective está muerta.

Contents

繪圖●うみぼうず

【贈自未來的序章】

「這就是我發現的《聖遺具》。」

在位於鐘塔最頂層的房間中，《巫女》米亞・惠特洛克如此介紹她放在桌上的紅褐色祭祀道具。我、希耶絲塔與渚三個人則是目不轉睛地盯著那東西。

「跟諾艾爾寄放在我們這邊的東西好像啊。」

桌上還有另外一個青銅色祭器，是前幾天來訪我們事務所的諾艾爾・德・祿普懷茲帶來的東西。形狀同樣呈現三角錐形，只有顏色不一樣。

「米亞是透過預知夢發現了這東西是吧？」

「是的，我為了尋找夢中出現的《終末時鐘》踏上旅途，而這個《聖遺具》就真的埋在那座巨大的時鐘下面。」

——預知夢。正常應該會覺得講這種話愚蠢至極而一笑置之，但如果是《巫女》做的夢就要另當別論了。

「請問可以稍微整理一下狀況嗎？」

身穿女僕打扮的巫女隨從——奧莉薇亞為我們端來四人份的紅茶。

「簡單來說，君塚大人們帶來的東西以及米亞大人發現的東西，兩邊都是稱為《聖遺具》的祭具，其中可能保存有這個世界喪失的紀錄——請問是這樣嗎？」

「嗯，若根據我們三天前經歷過的體驗。」

「肯定就是那樣沒錯吧。」

渚與希耶絲塔分別對奧莉薇亞提出的疑問如此點頭回應。

這個世界遺失了特定的紀錄，又或者人類的記憶遭到了改寫——距今三週前舉行的典禮《聖還之儀》成為契機，讓我們發現了這個問題。

當時唯一有察覺世界異狀的《情報屋》布魯諾·貝爾蒙多為沉浸於和平安逸中的我們敲響警鐘，並留下了遺產。那就是寫有《虛空曆錄（Akashic records）》文字的筆記，以及這個青銅色的古老祭具。

當我觸摸到這個祭具，就能回想起遺失的片斷紀錄——例如《特異點》或《虛空曆錄》這些關鍵詞彙。於是我下定決心，要與同樣找回了記憶的希耶絲塔和渚一起去解開隱藏於這個世界的謎團。

然後不知該說是偶然還是命運，《巫女》米亞·惠特洛克就在三天前與我們聯絡。她也跟我們一樣，獲得了祕藏有這個世界遺失紀錄的祭具。因此我、希耶絲塔和渚便出發來到倫敦，達至現在這個狀況。

「畢竟光靠我一個人實在無能為力。還好學姊你們過來了。」
米亞說著鬆一口氣，希耶絲塔則是對她微笑。即便無法再像從前那樣預言《世界危機》，身為巫女的少女至今依然關心著這個世界。
「雖然說，我們甚至連《聖遺具》這個名字都不曉得就是了。」
我看向桌上的那兩個祭具。
「其實我也只是用彷彿某種印象般湧現腦中的名字如此稱呼而已。話說回來，君彥真的只要觸碰這個《聖遺具》就能夠看見遺失的過去記憶？」
「是啊，那跟透過《原典》看見未來可能性時的感覺很像。」
「會這樣果然因為你是《特異點》嗎？」
「或許、是吧。我也搞不清楚。」
我似乎具備一種叫做《特異點》的性質。那好像是某種能夠扭曲世界的力量，或者歷史的轉捩點什麼的——之前觸碰《聖遺具》時，我回想起了自己過去背負**這種設定**的事情。
為何我們會遺忘了這些東西？又為何明明遺忘了，其他記憶卻還能正常成立？簡直就像被什麼人硬是把記憶合理化了一樣。
「不過君彥也是除了《虛空曆錄》之類特定關鍵字以外的事情都記得很清楚對吧？例如跟莉露之間發生過的事情。」

對於夏凪的詢問，我「是啊」地回應。

與那位魔法少女一同度過的那段短暫卻也印象鮮明強烈的非日常——唯有這些我絕不會忘記。

「現在回想起來，米亞跟莉露的感情變得要好也是在那段時期啊。」

「……你在說什麼？我跟她才沒有感情很好呢。」

米亞說著，從我面前把臉別開。

「咦？可是我邀妳打線上遊戲的時候，妳偶爾會說『現在正在跟朋友講電話，等一下。』之類的。難道那不是在跟魔法少女講電話？」

「才、才不是！人家跟莉露才不是什麼朋友！只是為了方便上那樣講講而已！」

被希耶絲塔詢問的米亞不知為何慌張地左右甩手。看來一方面也因為自己從前跟莉露感情很差的緣故，如今要承認彼此變得親密反而讓她覺得很丟臉的樣子。她是小孩子嗎？

「寶貝學妹交了朋友，我倒是很高興喔？雖然也有一絲寂寞啦。」

「……嗯？學姊在為我吃醋？這好像也讓人感覺有點興奮呢。」

「米亞大人，鼻血都流出來了。」

奧莉薇亞遞上衛生紙，於是米亞趕緊壓住自己的鼻子。

差不多該言歸正傳了吧？

「新的《聖遺具》當然也令人在意，不過米亞見到的《終末時鐘》又是什麼玩意？」

「其實所謂的『終末時鐘』原本是用來指地球由於世界紛爭或氣候變動等等因素而減少壽命的一種概念。然而我看到的並不是那樣抽象的東西。」

米亞說著，拿出據說她在當地拍下的照片。那是一處被植物覆蓋、文明斷絕、宛如深邃叢林中的場所。然後有個巨大的時鐘建築聳立在那地方。這就是米亞所說真正的《終末時鐘》，而它的指針即將指向頂點。

「我能夠知道，這東西確實顯示著世界的末日。」

「這樣呀。以前《白天狗》說過的或許就是這個時鐘吧。」

夏凪接著引用我們曾經對峙過的《百鬼夜行》之主說過的發言：

「『這世界上有幾種用來記錄過去或未來的裝置。神聖之書，結束之鐘，上鎖的盒子，以及像自己的存在也是如此。這些都是為了提出警告而存在。』——米亞發現的這座《終末時鐘》肯定就是為了告知世界危機的東西。」

對，當時《白天狗》試圖對人類提出某種警告。而牠想要把傳令的任務託付給擁有《言靈》能力的渚，卻在途中被《暴食魔人》殺掉了。

「至少妳說埋在《終末時鐘》底下的這個《聖遺具》，應該又會給予我們什麼線索吧。」

「也對，畢竟它看起來跟諾艾爾交給我們的東西幾乎一樣。」

希耶絲塔拿起米亞的《聖遺具》一邊觀察一邊這麼表示。那東西底部有凹陷的部分，這點也跟我們帶來的東西相同。

「只不過，這看起來並不是要凹凸相組合的樣子。兩邊都是凹的。」

「看來是這樣。話雖如此，但你摸了肯定還是會發生什麼事吧。」

「哦？這是出於對我的信賴？」

「嗯～應該說老是被你的體質捲入麻煩的討厭經驗和記憶。」

「這種話居然偏偏從把我捲入這邊世界的妳口中講出來啊。」

和希耶絲塔如此抬槓的同時，我把手伸向那個新的《聖遺具》，但途中又猶豫了一下。上次由於是在毫無預警之下發生的緣故，也不需要什麼心理準備。然而這次是在明白將會發生什麼事情的前提之下，多少需要在心情上做點準備。

「不過假設會發生跟上次一樣的狀況，也無法預料是什麼時候的哪一段記憶會恢復對吧？」

渚這時如此插嘴詢問。

於是我想說稍微深呼吸一下，而啜飲一口奧莉薇亞泡的紅茶。

「是啊，所以搞不好會不小心回想起那天跟渚之間的那檔事喔。」

「那天的那檔事是什麼啦！而且這講法聽起來你根本就記得嘛！怎麼搞得好像

只有我忘記了一樣！」

「哎呀，畢竟那是雙方都喝了酒之後的事，妳別太在意。」

「絕對在騙人！跟君彥喝了酒之後有發生過什麼事的應該是希耶絲塔吧！」

「渚，妳要是下次再敢提起那件事，我就開除妳。」

希耶絲塔面不改色地發飆了。

「奧莉薇亞，這三個人真的已經是大人了嗎？怎麼感覺他們之間的人際關係或者說三角關係好像一直都停滯沒有進展的樣子？」

「由於三個人互相成為對等的立場，反而變得綁手綁腳，一輩子原地繞圈子——這種事情也是不無可能的。」

以上，閒話結束。

我總算也做好了心理準備，看向米亞發現的《聖遺具》。

「那麼，我要摸囉。」

我的手指觸碰到祭具紅褐色的冰冷表面。

霎時，不帶痛覺的電流竄遍全身。

人常說死前會看到人生跑馬燈，或許就是形容這樣的感覺吧。

各種聲音與光彩伴隨逼真的質量迫近我眼前。

「…………」

昔日確實親眼見證過的景象，明明應該見過卻沒能保留到現在這個未來的景象，然後——在當時的最後一天，甚至連看都沒能看到的景象。尋回這些記憶的過往之旅結束後，我又回到現實世界。

體感上過了幾個月，但實際上只有幾十秒。

回過神時，我看見那些女生們都一臉擔心地注視著我。米亞接著遞給我一條手帕擦汗。

「你看見了什麼？」

「剛好就是上次的後續。也就是魔法少女的那樁事件平靜下來之後，或許該說是關於吸血鬼的那段故事吧。」

「……不出所料。就是世界開始變得奇怪的那段時期。」

米亞以及兩位偵探都變得表情有些黯淡。

奧莉薇亞重新泡了一壺紅茶，而我啜飲一口。

「我本來對於那傢伙的事情並非全盤知情。恐怕那傢伙本身也沒想過要讓我把那一切講出來吧。不過……」

然而現在不知是什麼因果作祟，讓我背負起了敘述者的工作。

包含我原本不知道的事情……搞不好是我們不應該要知道的事情在內——敘述這些事的義務都被扛到了我的肩上。

因此我在心中對那男人說一聲「抱歉」之後，開始娓娓道來：

「不介意的話，希望大家聽聽看——已經知道的內容也好，不知道的事情也好——一個男人活在世上奮戰到最後一刻的那段日子。」

我想那傢伙肯定會在地獄大笑置之吧。

【第一章】

◆Goodbye 青春

假如畢業作品集有個企劃是回想高中三年來的回憶，我會怎麼寫呢？

三月上旬，校舍頂樓。在依然微寒的風中，我手拿一罐咖啡思考著。

「雖然我實際有到學校來的只有兩年就是了。」

沒有特別投注精力在社團或課業上，也不記得有參加過校慶或運動會。校外旅行是什麼時候去的？兩年前結束與名偵探的世界之旅，獲得渴望已久的日常生活，卻讓我很快就明白那並非自己期盼的東西。

——高中校慶？肯定比不上中學時與希耶絲塔角色扮演結婚典禮後，討伐《花子小姐》的那種興奮感。

——每天的課堂？我和希耶絲塔曾經為了某份工作潛入外國一所精英集結的學院。當時上課的氣氛可嚴肅多了。

——校外旅行是四天三夜的滑雪集訓？別說笑了，我可是和希耶絲塔三年遊歷了世界三圈。要比回憶的量絕不可能會輸。

所以，總歸一句話。

「真是給人添麻煩的偵探啊。」

居然擅自從過去改寫覆蓋了我的回憶。

都是因為這樣，害我沒辦法輕易更新愉快的經驗了。

「唉，真不講理。」

從頂樓邊緣探頭俯瞰校園，可以看見學生們手上拿著裝有畢業證書的圓筒。

今天是我母校的畢業典禮。

短短一個小時前，我還在體育館輕哼著對自己來說沒什麼感觸的校歌，聽著陌生的校長致詞，然後在教室與幾乎沒交流過的同班同學結束了半永久性的道別。反正我也不會參加同學會，畢竟要到新加坡去。

「啊，發現有人沉浸在虛無主義中囉。」

這時，忽然從背後傳來像是在調侃我的聲音。

回頭一看，是穿著水手服打扮的夏凪。

「你在做什麼呀，君塚？感懷母校？」

「怎麼可能。我連這間母校叫啥名字都不曉得啊。」

「好歹也該記住自己就讀的高中叫什麼吧？」

夏凪露出有點傻眼的笑容看向我。

「那你考上的大學叫什麼總該記得吧？」

結果她接著提起我最近才可喜可賀地收到合格通知的那所大學。

「我是不記得正確的大學校名啦。」

「你不記得呀……」

「我只知道以後會跟夏凪一起去那裡。」

聽到我這麼說，夏凪眨了幾下眼睛後，稍微露出微笑。

「然後呢？妳跑到這種地方沒關係嗎？妳朋友們怎麼了？」

「我們剛才已經拍了好多照片。而且反正晚上還有派對不是嗎？」

「派對？」

「呃，就是那個呀，三年級生大家聚集起來的那個。之前朋友有聯絡我……」

她講到這邊似乎察覺了什麼事，忽然把眼睛別開。

「啊～不過，或許那不是所有人都要參加的活動，之類的？」

「……反正就算受到邀請我也不會參加，什麼問題都沒有。」

唉，果然這種學校根本沒有必要提及什麼校名！

「話說，妳來幹什麼的？跑來可憐我嗎？」

「嗚哇，都變成自卑角色了。不是那樣啦。」

夏凪面帶苦笑，「要不要稍微到校內走走？」地對我伸出右手。

於是乎，我們從頂樓回到校內，走在熟悉的走廊上。然而眼前的景象果然還是勾不起我什麼回憶。畢竟我的日常生活不在這裡。

相對地，夏凪倒是跟我不一樣，走在校舍中一副很懷念地瞇著眼睛。

「啊，家庭教室！上料理實習課做蛋糕時好有趣呢。」

「料理實習？高中三年來我都不記得有上過一次。」

「理科教室！以前我把各種液體混在一起的時候，化學老師都臉色發青地衝過來了。」

「不要若無其事講出那麼恐怖的回憶！拜託不要連妳都脫離常識人的範圍啊……」

「體育館已經進不去了嗎？球技大會也好，校慶時組樂團演奏也好，都好令人懷念喔～」

「妳是不是在我不知情中享受過一大堆校園趣事啊？是不是丟下我擅自跑去演外傳了啊？」

聽到我如此吐槽，夏凪愉快地笑了起來。

不過那笑容肯定是來自她在這所學校的回憶。

夏凪在生活於非日常世界的同時，也有認真在享受自己的校園生活。畢竟那是她自己長久來的心願，也是某位偵探付出拚上性命的覺悟為她實現的委託。

「不過呀，君塚至少在這裡還是有留下一些回憶吧？」

夏凪說著停下腳步的地方，是我的教室前。

她主張既然都到這裡來了就進去一下，於是我隨便找了個位子坐下。

「──啊。」

無意識中。真的在無意識中，我坐到了與夏凪相識的那天坐的位子上。

「一切都是從這裡開始的呢。」

站在我眼前的夏凪，與那天放學後的她身影重疊。

『你就是名偵探嗎？』

當時在睡覺的我被人敲醒，聽到對方這樣一句詢問。自從那天開始，我原本已經停止的故事又重新動了起來。

「那時候還被妳用手指戳到嘴巴裡啊。」

「我、我就說那是因為受到心臟影響，平常的我才不會做到那種地步！」

「也對，畢竟在那類型的行為上，夏凪反而應該是希望被做的一方。」

「是呀是呀，例如被突然變成抖S角色的君塚撲上來……等等！不要害我跟著一起搞笑啦。騙人的喔，剛才那句是騙人的！」

夏凪像在生氣似地鼓起腮幫子，但最後又笑出來，讓我也被她感染而笑了。

「發生過好多事呢。」

是啊。好多事。真的多到難以用簡單的話語表現出來。

不過此刻，我們都在這裡。維持著當時成立的關係，兩人都在這裡。

「很高興那時候妳有來找我。」

用那份激情喚醒了當時沉浸在溫吞安逸中的我。所以……

「今後也請多多指教囉。」

這次換成我說出了這句話。

「嗯，畢竟我們的心願還沒有實現呀。」

總有一天絕對要讓希耶絲塔睜開眼睛的心願。而且在我們周圍還有許許多多偵探必須出面解決的事件。

「近期來這附近好像又在鬧事的樣子。我們可能有得忙囉。」

「哦哦，妳說那個都市傳說。」

傳聞中，最近這附近一帶有魔女出沒。

通稱「陽傘魔女」。

據傳——當遇上那傢伙時，對方會亮出一張風景照片並詢問要如何去那個地方。要是答不出來，她就會哼起詛咒之歌把人詛咒殺死的樣子。

明明一個多月前才剛收拾了《百鬼夜行》，居然又開始流傳這種怪譚。再怎麼說這都應該不會是《世界危機》才對，但難不成又是我的體質作祟嗎？

總之唯一確定的是，我們周圍依然存在許多謎團在蠢動……因此即便高中畢業成為大人之後，偵探與助手的故事還是會繼續下去。而就目前來講，《名偵探》的使命是阻止《吸血鬼的叛亂》。

「君塚？」

我回神發現，夏凪正感到奇怪地注視著我。現在我臉上究竟帶著什麼樣的表情？我回應她一聲「沒事」後，站起身子。

「我本來以為自己什麼回憶都沒有，這間學校沒有讓我留下任何東西……但我錯了。還有夏凪。我和妳在這間學校邂逅──光是這點就讓我到這間學校來變得有意義了。」

聽我這麼說，夏凪霎時睜大眼睛，接著「我也是！」地笑了起來。

「那麼，差不多該走了吧。」

我如此說著並準備動身。今天有個地方我一定要去。

「我說，君塚。」

我的袖口忽然被人從背後輕輕捏住。接著，傳來細語呢喃的聲音。

「我好心收下吧。」

我微微轉回身體，見到夏凪把視線落在地板上，看起來難以啟齒的樣子。但她還是左右搖晃著我的袖子說道：

「鈕釦，如果沒人要，我可以好心收下喔。」

我可是個連畢業派對都沒人邀約的男人。管他第一、第二還是第三顆鈕釦，全都還剩著。於是我拔下第二顆鈕釦，遞到表情靦腆的夏凪手中。

「話說回來，真教人懷念。」

「懷念？什麼事？」

「以前我和希耶絲塔曾經為了一份工作潛入某間學校。最後要離開的時候，我也像這樣把第二顆鈕釦給了希耶絲塔。」

「……………」

不知為什麼，後來將近一個小時，夏凪都完全不跟我講話了。

◆生命的天秤

一個小時後，我和夏凪直接穿著制服來到了一間醫院。

「恭喜兩位高中畢業。」

在三樓最深處的病房迎接我們的諾契絲雙手都捧著花束。

「我們也有帶花來的說。」

於是雙方交換花束後，諾契絲將病房中花瓶裡原本插的花換成新的。我們帶來的那些是探病用的花。

「今天妳做了什麼夢啊，希耶絲塔？」

我對躺在床上的白髮偵探如此搭話，但對方沒有回應。這也是當然的。即便如此，像這樣跟看起來睡得很舒服的她講話已經幾乎成了我的每日例行公事。

「肯定是在打君塚屁股的夢吧？」

夏凪也開著玩笑來到枕頭邊。

「不，以前我和希耶絲塔與其說是打屁股…………沒事，當我沒講。」

「你們以前到底幹過什麼事啦……」

「開玩笑的，開玩笑。妳別真的嚇到退後啊。」

「希耶絲塔大人與君彥幹好事的影片還有留下來，請問要看嗎？」

「諾契絲，不要隨便胡扯！」

——就這樣，在熟睡的希耶絲塔旁邊如此閒扯淡給她聽之後，夏凪重新對著她開口說道：

「今天，我畢業囉。」

夏凪在枕頭邊的椅子上坐下來，握住棉被中希耶絲塔的手說著。

「這段青春是妳送給我的。謝謝妳給了我這樣幸福的日常。」

昔日在倫敦，夏凪以愛莉西亞的模樣說過「想要去上學」這樣的心願。而她現在就是對為她實現了這個願望的偵探道謝。

「諾契絲，話說那個人呢？」

我這麼詢問白髮女僕。因為我們今天來這裡還有另一項重大的理由。

「你問我的創造者嗎？他很快就會……」

正當諾契絲如此開口的瞬間，她背後的房門忽然打開。

「久等了。」

一名身穿白衣的男子用指尖推著圓框眼鏡進入病房。

《發明家》史蒂芬・布魯菲爾德。

過去創造出諾契絲的科學家，也是現在為希耶絲塔治療的主治醫師。

「你晚了三分鐘。」

我說著，讓出一旁的空間。於是史蒂芬確認起希耶絲塔的生命徵象，並且在電子病歷上不知寫了些什麼。

「不過，上次謝謝你了。沒想到你居然是個能夠戰鬥的醫生啊。」

我回想起一個多月前史蒂芬為了保護我和夏凪，與《七大罪魔人》之一《貪婪》戰鬥過的事情。從那之後直到今天，我們都沒見過面。

「那種程度只不過是診療行為的一環罷了。《發明家》的工作終究是輔助。真正挺身與敵人戰鬥的應該是《魔法少女》、《暗殺者》或者《名偵探》。」

如此表示的史蒂芬，視線落在熟睡的希耶絲塔身上。

「然後呢？這次的正題是什麼？」

今天我們是難得被史蒂芬叫來見面的。而且還明確指定幾點幾分。明明我們要找他的時候都找不到人的說，真是有夠任性的醫生。

「我想說要回答一下你們的疑問。你們對於我治療白日夢的方針有些話想講是吧？」

這段出乎預料的發言讓我反應慢了一瞬間。

「我聽同業是這麼說的喔？」

「……德拉克馬啊。」

我回想起那位密醫的名字。

對於不久前偶然認識的那位男子，我有試著詢問過拯救希耶絲塔的方法。而在那個過程中，我對史蒂芬的治療方針確實有浮現疑問。

「你不是個普通的醫生。你能夠透過卓越的科學力量拯救人……德拉克馬說過，如果是《發明家》史蒂芬．布魯菲爾德應該能夠創造出完全複製基因情報的人工心臟。難道無法藉由移植那樣的東西來拯救希耶絲塔嗎？」

既然寄生於她心臟的《種》無法移除，那麼就準備一顆讓身體不會引發排斥反應的心臟移植到她體內不就好了？——我對史蒂芬提出這樣的疑問。

「沒錯，雖然很花時間，不過製造心臟這件事本身是有可能的。只要利用那東西，肯定也能拯救她的生命。經過整整三個月以上的觀察期間，事實上我也曾一度如此考慮。」

「既然這樣！」

「讓我暫時停止那麼做的，就是站在那裡的實驗體。」

沿著史蒂芬伸手所指的方向望去，可以看到諾契絲低著頭。

「諾契絲？為什麼……」

「因為就算藉由現在討論的方法讓手術成功，到時候睜開眼睛的希耶絲塔大人也不會是君彥和渚所認識的希耶絲塔大人。」

諾契絲表情僵硬地這麼回答。正當我準備繼續問她究竟在講什麼的時候，夏凪似乎察覺某事而發出「原來是這樣。」的聲音。

「希耶絲塔到現在也一直都在『那裡』呀。」

她眼睛注視著希耶絲塔的左胸。

「希耶絲塔的意識恐怕現在也依然存在於那顆心臟中。記憶也好，意志也好，全部都託付給那顆心臟了。」

「……原來如此。她以前也說過，自己的心臟是特製品。」

希耶絲塔實際上能夠透過席德之《種》的力量將自己的意識封閉在心臟中，再藉由把心臟移植到別人身上而獲得對方身體的支配權。然而那樣換個講法就是說，希耶絲塔的「心臟」與「意識」是直接相連的。也就是說……

「靠心臟移植並沒有辦法連希耶絲塔大人的『心』都拯救。」

諾契絲細語道出我預料中的答案。

「這件事，我是在大約兩個月前才聽我的開發者說明的。」

「既然這樣，為何那時候不告訴……」

我講到一半忽然明白而住嘴了。說到兩個月前，正是諾契絲在這間病房規勸過我的那段時期。當時我為了注意並處理《魔法少女》、《百鬼夜行》、《吸血鬼》與《怪盜》等事情感到分身乏術，而諾契絲出於好心斥責了我一番。說我要是把太多重要的事情都攬到自己身上，總有一天會從我雙手中滿溢出去。

「我把希耶絲塔的事情都丟給妳處理，真是抱歉了。」

聽到我這麼道歉，諾契絲淡淡一笑地回應「不會」並搖搖頭。

「正如以上所說。因此我要重新問你們，是否要將白日夢的心臟移植手術交給我？」

史蒂芬用冷靜而透徹的眼神看向我們。

「只是那樣做的話，等白日夢手術完、醒來時有可能會失去過去的記憶。也或許會因此導致個性或性質大幅改變，讓你們所熟知的她不復存在。」

「那種事情……」

「然而，她的性命可以獲救。」

我不禁屏息。

「你們希望尋回的東西究竟是什麼？是名偵探的性命？還是與她之間的回憶？」

我是個醫生——史蒂芬說道——因為是醫生，所以會把拯救性命擺在第一。

「我不會要求你們現在馬上做選擇。不過我建議你們要明白人生剩下的時間有限的事實，在這前提下重新思考剛才那個問題的答案。你們真正想要拯救的對象究竟是什麼？」

如此告知後，史蒂芬轉身離去。

拯救希耶絲塔的這項心願，我們一直認為是理所當然的。

然而現在，那想法卻從最根本的部分開始搖盪。

我們接下來必須做出決定才行——決定希耶絲塔這一生的存在方式。

◆都市傳說不會結束

離開醫院後，我和夏凪走向車站。

暮色低垂中，我們感受著微寒的空氣，緩緩並肩行進。

「剛才那些話，君塚怎麼想？」

夏凪忽然對我詢問。

「假如按照史蒂芬所說的那樣做，或許可以拯救那女孩的性命。可是……」

「到時候睜開眼睛的希耶絲塔，有可能不再是我們認識的她。」

沒有記憶，也沒有回憶。想必連「希耶絲塔」這個代號都喪失之下復活過來的那位少女，究竟是誰？那樣究竟要說是誰復活過來了？

「抱歉。」

夏凪立刻道歉。

「我因為自己答不出來就把問題丟給君塚了。」

沒錯，我們不可能馬上得出答案。然而同時，也不能容許維持現狀。

將來總有一天，我們必須做出決斷。

「話說，君塚上大學之後想要學什麼？」

「問得可真唐突。」

話題忽然急轉彎。我稍微想了一下，但沒辦法立刻得出這問題的答案。

「畢竟我只有為了升學考試才念書，所以到現在對於學問的意欲還很低啊。」

「好冷靜又討厭的自我分析……大學與其說是教育機關，其實應該說是研究機關喔？」

「是啊，我知道。沒記錯的話，妳是想學習心理學對吧？」

印象中之前好像講過這種話。夏凪大概是先思考過自己想做的事情，再反推回來選擇大學的。

「嗯，我希望自己不要只靠感情論，而是能更有系統地學習人的心。」

她往前邁出一步，走在我前方說著。

「像那樣嘗試從各種角度邏輯性地觀察連自己都不太清楚的自己內心——你不覺得好像很有趣嗎？」

……原來如此。她這段話肯定是在考慮到我們目前的處境之下所做的發言。

我熟知的那位白髮偵探過去遇到迷惘苦惱的時候，反而會靠開玩笑或哼歌揮散心中的不安。現在眼前這位偵探想必也是一樣。夏凪的背影看起來是如此可靠，但我同時認為自己不能老只是跟在後面，於是上前與她並肩。

「——嘿，偵探小姐。」

就在這時，猶如歌聲般清透的聲音從背後傳來。

假如世上真的有天使，說不定就是這樣的聲音——就是如此美麗動聽、給人衝擊——讓我無法動彈。不是因為恐怖，而是由於畏懼。

「嘿，我說偵探小姐呀。妳有聽見吧？」

聲色稍微變化。語調端莊嫺淑，卻又彷彿在舞動。

我和夏凪不約而同地轉回頭。

有一位女性站在那裡。

身穿白色連身洋裝，腳穿白色高跟鞋。從衣服中伸出來的纖細手腳也白皙如雪。然而同時有另一個醒目的顏色，就是黑色。她撐著一把黑色的陽傘。

「可以請問一下嗎？」

女性用陽傘遮住大半臉部，朝我們遞出一張照片。

「請問知不知道這照片中的場所？」

霎時，我抓起夏凪的手拔腿奔出。不過夏凪並沒有被我嚇到，因為她腦中也有同樣的念頭。

「夏凪，那是……」

「……應該就是陽傘魔女、吧。」

恰巧我們今天在學校才談過這個都市傳說。據說對方會冷不防地亮出一張風景照片，假如答不出那個場所在哪裡就會被詛咒殺死。當然，我並沒有當真。然而回過神時，我的雙腳已經像逃跑似地衝出去了。

「那張照片，妳有看到嗎？」

我一邊跑一邊詢問夏凪。

「只瞄到一下下。不過那與其說風景照，感覺比較像是水彩風景畫的照片？」

「是啊，我也那樣覺得。但不管怎麼說，是我們不知道的場所吧？」

夏凪點頭兩、三下。那麼果然，我們沒辦法回答魔女的問題。

「會被詛咒之歌殺死、是嗎？」

真的嗎？怎麼辦到？——然而世界上確實有些無法用常識判斷的存在。像《百鬼夜行》就是那樣。不管如何，總之要先爭取一段冷靜思考的時間……

「為什麼要逃呢？」

我的心臟差點就停了。大概是繞路搶到前頭的魔女竟出現在轉角後面。

詢問為何要逃跑的發言，反過來就像在說『不允許逃跑』的意思，讓我們再次變得不敢動彈。

「……妳到底、是什麼？」

人類嗎？魔女嗎？妖怪嗎？外星人嗎？還是……

就在這時候，忽然有一輛車停在我們旁邊。緊接著後座車門用力打開，傳出熟悉的聲音呼喚我們：

「君塚先生！渚小姐！請快上車！」

「小唯！」

夏凪發出驚訝的聲音。坐在車後座的，正是身穿便服的齋川。

沒時間猶豫了。我和夏凪趕緊坐上車後，車子便立刻起步。坐在駕駛座的似乎是齋川家的專屬司機。

「得救啦。不過齋川為什麼會在這裡？」

「其實我剛才也去過醫院。除了看看希耶絲塔小姐，本來也想說或許可以見到兩位。恭喜兩位畢業了。」

只是為了道賀還專程跑一趟啊。她雖然平常煩擾纏人的行為很多，但本性終歸是個貼心的小學妹啊。

「話說君塚先生，你制服的第二顆鈕釦好像不見了呢。」

「妳注意到啦？哎呀，我也還算頗有人緣的，是吧？」

「呃不，我只是想說都這個時代了，居然還有那麼古典的文化殘存下來。對方想必是個滿腦童話故事的小女生吧。」

「好，齋川，這話題就此打住。」

坐在我旁邊的夏凪都抽動著臉低下頭了。

「這麼說來，君塚先生，請問剛才那究竟是誰呀？我看到狀況好像不太對勁，才忍不住停車叫你們的。」
「其實我們也搞不清楚。感覺應該是這附近一帶流傳的都市傳說——陽傘魔女的樣子……」
這時車子忽然緊急剎車，害我們都往前倒下去。我想說到底發生什麼事而看向擋風玻璃前方，但那裡卻什麼都沒有。倒是副駕駛座的車門「啪」地打開了。
「陽傘魔女——好討厭的名字呢。」
我也不喜歡那叫法——白色洋裝的女性一副事不關己似地如此說著，並坐進車內。她頭上戴著一頂大帽子取代剛才那把陽傘，依舊讓人看不見臉上的表情。看來我們再繼續逃跑也沒有意義了。
「妳究竟有什麼目的？」
我代表大家如此詢問，結果魔女輕輕嘆了一口氣。
「剛才不是說了嗎？我想問一下你們有沒有看過照片中的風景。可是你們卻忽然逃走呀。」
真是過分——魔女鬧彆扭般說著。從後照鏡只能看到她的嘴巴部分，年齡大概三十歲上下吧。
「還是說怎麼？偵探小姐才不屑聽魔女講的話嗎？」
這句話是對著夏凪問的。

「妳是根據頭銜判斷對方的那種人？」
「沒有那種事！」
夏凪反射性地反駁魔女，接著回問對方：
「妳找我……找偵探有事嗎？」
意思是說，並非隨便找個人都可以，而是找自己有事嗎？
確實，魔女剛才特別用「偵探小姐」稱呼夏凪。
「沒錯，我並不是以魔女的身分，而是身為一名委託人來找妳的。」
映在後照鏡上的她抬起帽簷，露出微笑。
「我說，偵探小姐，可以請妳幫忙尋找我消失的故鄉嗎？」

◆魔女現身歌唱

過了約三十分鐘後。
「好香，是吉力馬札羅咖啡呢。」
陽傘魔女把杯子湊近鼻前享受咖啡豆的香氣後，輕輕啜飲一口。
她的舉止氣質洋溢，絲毫不輸給齋川家豪華絢爛的餐廳。而我、夏凪與齋川則是在一旁瞥眼觀察著她的樣子。

「你們那樣盯著看，我會害羞呀。請各位放輕鬆吧。」

魔女輕笑一聲，把咖啡杯放回杯碟上。

「雖然身為客人的我講這種話也很奇怪就是了。」

剛才車上那場對話之後，我們來到了齋川家。為的是聽聽魔女說希望我們幫忙尋找消失的故鄉這項委託的詳細內容。

收起陽傘也摘下帽子後，魔女的容貌呈現在我們眼前。臉蛋有如精巧人偶般端整，膚色跟希耶絲塔一樣白皙，眼睛則是像夏凪一樣鮮紅。

「君塚，你看太多了。」

夏凪戳戳我的側腹。

「仔細觀察是很重要的工作吧？尤其以偵探和助手來說。」

「誰曉得？畢竟你對美女很沒抵抗力呀。」

因為對方跟妳很像我才會看的——假如我這麼說，她會原諒我嗎？

「請等一下！君塚先生最喜歡的是年紀小的女孩子，不可以擅自背叛業界的期待！請你堅守身為一名蘿莉控的自尊呀！」

「齋川，妳說誰是蘿莉控！」

「反正照君塚先生的個性，兩年後八成又會帶個新的年幼女主角在身邊。」

「好，我知道了，妳是我敵人對吧？」

言歸正傳。我喝一口咖啡後，重振精神面向魔女。

「那麼，陽傘魔女，妳——」

「瑪莉。」

魔女打斷我講話。

「過來這裡的路上，我已經說過自己的名字了吧？」

「……恕我失禮了。瑪莉，妳究竟是何方神聖？」

對於我這樣籠統模糊的問題，魔女——不對，瑪莉淺淺一笑後……

「如果要回答這點，你們或許先聽聽我的委託內容會比較快。」

她說著，拿出一張照片。就是我們剛才在路邊瞄到一瞬間的那玩意。

「果然是什麼地方的風景畫啊。」

照片中拍到的，是用遠景構圖描繪出一處類似村落場所的水彩畫。景色充滿鄉間氣氛，古老的全白色建築物聚集在一起。

「這是哪個國家的鄉下聚落？」

我還算遊歷過世界上不少國家，卻沒能立刻看出這是哪裡。

「瑪莉，這地方究竟是？」

她剛才說過希望我們幫忙尋找她消失的故鄉，那麼這幅畫中描繪的風景應該就是那地方吧。

「嗯，如果我能夠向你們說明是最好的了，可是……」

……可是？那反過來說就表示……

「我也一點頭緒都沒有呢！」

瑪莉爽快地笑了出來。

直到剛剛的神祕氛圍一口氣驟變，用爽朗的笑容亮出皓齒。

「我快搞不懂妳究竟是怎麼樣的角色了……」

忍不住露出苦笑的我，和大概跟我抱有相同感想的齋川轉頭互看。

然而在場唯有一名少女察覺出其中代表的意義。

「難道說，是喪失記憶？」

夏凪如此一問，結果瑪莉保持淡淡的笑容，「正確答案」地點點頭。

「我似乎在十多年前一個人出國旅行時遭遇惡徒暴行而失去了記憶的樣子。而且我的錢包、手機和護照都被偷走，讓我無從知道自己的來歷。唯一記得的只有自己的名字。」

「那麼妳至今依然完全沒有事件發生以前的記憶嗎？」

「是呀，沒錯。真是運氣有夠差的。」

瑪莉把內容沉重的事情講得一副很輕鬆的樣子，並且在裙襬開衩的連身洋裝底下大膽地翹起大腿。看來她原本神祕的氛圍終究只是表面形象，其實這才是她真正的個性。

「我一直以來獨自一個人，在不曉得自己是誰的狀態下活過來的。夢想著有一天可以和從前或許存在的家人、情人或朋友重逢。」

「所以妳才會來找我們嗎？為了尋找消失的故鄉。」

「是呀，因為我聽說日本有一位非常優秀的偵探小姐。只不過在找到你們之前，由於我在附近一帶到處詢問的關係，好像莫名其妙變得出名了。」

瑪莉如此說著，把自己幾乎成為一項都市傳說的事實拿來自嘲。

就在不久之前，這地區一帶還被名叫《百鬼夜行》的敵人，或者應該說現象纏擾。而有位魔法少女說過，那樣的魑魅魍魎們會炫耀強調自己的存在，試圖讓自己能夠扎根於現今所在的土地。

說不定那個《百鬼夜行》造成的影響遠比我們想像的還要深刻，導致環境變得容易使類似這樣的都市傳說會迅速傳開。這就是「陽傘魔女」的傳聞會以奇妙的形式滲透到各處的理由——如此解釋或許可以給這段故事一個收尾吧。

「不過瑪莉，妳是怎麼知道夏凪的？」

就算夏凪渚做為一名偵探很出名，那也僅限於檯面下的世界。難不成瑪莉知道《調律者》的存在？

「我為了尋找自己的根源，在旅途中試過各種手段，接觸過各種人。就在那個過程中，我稍微知道了一點點關於這個世界檯面下的內幕，其中也包括了關於你們的事情。」

不過真的只是謠言程度的內容而已——瑪莉如此補充。看來她並非懷抱惡意或另有企圖而接近我們的樣子。就現狀來說，對她抱持懷疑只會讓話題難以進展吧。

「話說瑪莉小姐，這幅畫，或者說這張照片是從哪裡來的呢？」

夏凪問起照片的出處。

「大概三年前左右吧，旅行途中，我在某國的美術館看到了這幅聚落的畫。就在那瞬間，我有種電流竄過的感覺。啊啊，不會錯，這裡就是我的故鄉，絕對沒錯。所以我徵得許可，拍下了這張照片。」

「既然這樣，只要去問當初畫這幅畫的人……」

夏凪如此提議到一半，瑪莉卻搖搖頭。

「這幅畫並不是出自什麼有名的畫家，而是裝飾在類似所謂大眾作品區的水彩畫。然而奇怪的是，就連美術館員工都搞不清楚這究竟是什麼人在什麼時候，出於什麼原委掛出來展示的。」

這聽起來又像是另一項都市傳說了。作者不明的神祕畫作。然而瑪莉主張自己確實從那幅畫中感受到了失落故鄉的氣息。

「另外要說跟故鄉有關聯的其他線索，大概就是歌謠吧。」

瑪莉說著，突然坐在椅子上就這麼唱起歌來。

女高音的透徹歌聲，如民謠般愉快的曲調。完全不是都市傳說中描述的詛咒之歌。大約三十秒左右，我們都對那歌聲聽到入迷了。

「就是這種感覺的歌。雖然我只記得一半而已。」

「好棒！真是非常美麗的歌聲呢！」

齋川興奮地拍手。

「請問要怎麼做才能唱得這麼好！請問妳是在哪裡學歌的！那聲音是怎麼樣……呃不，想必是天生的吧。嗚嗚，好羨慕！」

「呵呵，謝謝妳。其實我是一邊環遊世界一邊在各地的餐廳酒店當歌手喔。」

「怪不得！我巴不得請妳教教人家呢！」

齋川明明身為偶像的人氣已經無可撼動，卻還能保持這樣的學習精神，實在了不起。

「然後呢？瑪莉，剛才那首歌是？」

「嗯，我總覺得自己小時候應該經常在唱這首歌。這與其說是記憶，還比較像身體或嘴巴已經記住的感覺。」

原來如此。不過瑪莉唱的這首民謠我完全沒聽過。不僅如此，甚至是我沒聽過的語言。若要說這能否當成鎖定她出身地的參考要素，就現況來看很困難——可是……

「我明白了。我們接受這項委託。」

夏凪收下照片如此表示。

本來我們還有自己必須做的事情。也就是讓希耶絲塔平安睜開眼睛，以及達成《名偵探》的使命阻止吸血鬼叛亂。

然而現在夏凪卻接下了跟這些目的毫無關係的委託。這是為什麼？

「因為我也曾經跟妳一樣。」

從前夏凪也曾追尋過自己眼睛看不見的記憶。無意識中尋找著自己心臟在找尋的對象。她現在肯定是回想起那段過往，對於希望找尋自身根源的瑪莉感同身受了吧。

恐怕並不曉得夏凪這些心理的瑪莉雖然頓時感到不可思議的樣子，但依然說了聲「謝謝」並想握手。接著……

「這是訂金。成功酬勞會另外再付給妳的。」

她遞給夏凪一個看起來相當厚的信封。

「君塚，我將來或許不需要特別去找其他工作呢。」

「偵探這種行業可不是每次都能接到這麼吃香的工作喔。」

不過假如有一天真的開了偵探事務所，然後我在那裡從事偵探助手的工作——

那樣的未來或許也不壞。

◆主角遲來登場

我們就這麼承接了陽傘魔女，不對，瑪莉的委託，並交換聯絡方式之後，今天決定暫時解散。

由於夏凪跑去參加據說大半畢業生都會出席的派對，因此我本來想說自己留在齋川家給他來場愉快的過夜會，卻被齋川露出一臉彷彿在講「你說啥蠢話？」的表情，最後只好乖乖一個人走夜路回家。

「不然找莉露陪我好了。」

我看著美麗的星空不經意想起那女孩，於是拿出手機傳送訊息。

《魔法少女》莉洛蒂德。

上上個月與《暴食》交戰導致身體受到嚴重傷害的她，後來繼續留在日本接受治療。雖然終究難逃輪椅生活的命運，不過除此之外的傷勢現在幾乎都已痊癒，聽說預定近日啟程歸國的樣子。

而我當作是報告近況，將受到《百鬼夜行》影響的陽傘魔女都市傳說，以及我們接受了委託的事情，簡單寫成一封郵件寄給莉露。

——就在這時，我忽然感覺到有人影。對方在我背後保持幾十公尺的距離監視著我。假如是誰對孤單一人的我看不下去而想來找我玩，我當然非常歡迎，然而並沒有那樣的感覺。或者說，我根本沒那種朋友。

「雖然我大致上可以猜得出來就是了。」

十八年來背負著容易被捲入麻煩的體質可不是活假的。於是我轉回身子，對躲藏在黑暗中的那傢伙主動出聲。

「找我有啥事嗎，《黑衣人》？」

深色西裝配墨鏡，極度缺乏個性的那名男子宛如機器人般面無表情地看著我。但不久後，他轉身背對我往前走去。想必是叫我跟在後面的意思吧。最後，對方指示我坐進一臺停在路邊的車子。

在車內始終無言。《黑衣人》握著方向盤，讓全黑的車子行駛在夜路上。趁這段閒閒沒事的時間，我開始思考。這傢伙明顯是只盯上我一個人跟蹤在後面。盯上跟《名偵探》夏凪渚分開之後落單的我。這理由究竟是什麼——

「算了，這種事只能去詢問本人吧。」

也就是派遣這位《黑衣人》過來的傢伙。

一個小時後，似乎抵達目的地的車子停了下來。眼前是一棟高樓大廈。我在

《黑衣人》的指示下不斷往上，最後來到頂樓，發現這裡有個直升機停機坪。而且彷彿早已在等我到來似的，有一架直升機停在上面。

駕駛座上又是另一名《黑衣人》。我不禁嘆著氣坐到機上。本來還希望至少高中畢業這天可以什麼事都別發生，讓我和平結束一天的說——無視於我心中這些不滿的直升機開始轉動螺旋翼，沒多久後機體便上升了。

直升機起飛到夜空中過了五分鐘左右，我才總算知道把我叫出來見面的人物究竟是誰。

「——怎麼啦，人類？你今天倒是挺安分的嘛。」

應該什麼人都沒有的空間忽然發出聲音。

在我對面的空位上，那傢伙有如從黑暗中爬出來般現身了。純白西裝搭配令人聯想到血色的紅領帶。金色的雙眼瞇成細線，揶揄我似地笑起來。

「稍微再讓我愉快一點吧。還是說怎麼？你怕高？或者怕鬼？」

《吸血鬼》史卡雷特。

我們最後一次見面是上上個月，因《暴食》之戰以及成群的《不死者》而動盪的那一夜，在國會議事堂。

「《調律者》幹的事情還是老樣子這麼誇張。租用直升機要花多少錢啊？」

「哈！貧民總是一開口就提到錢。好歹也趁難得的機會欣賞一下耀眼的夜景吧。」

「太失禮了。我只要去跟齋川磕頭拜託，她也會讓我搭個直升機好嗎？」

「真教人懷念的名字。那丫頭也還是一點都沒變吧。」

史卡雷特和齋川之間其實也有接點。我記得是去年夏天在電視臺的頂樓，史卡雷特問齋川想不想讓父母復活，而齋川直到最後都沒有點頭。不知道當時史卡雷特對齋川是怎麼想的？

「話說人類，你剛才是不是有察覺把你叫來見面的人是我？」

「隱約啦。雖然我比較希望是哪位自己沒見過的美女就是了。」

難得搭直升機欣賞美麗的夜景，居然是跟一個男人實在沒意義。

「不過，史卡雷特，我本來就有考慮應該找機會跟你坐下來好好談了。」

老實說，上次見面時由於我們必須優先處理《暴食》的問題，導致跟史卡雷特的談話最終有點消化不良。而既然今天是史卡雷特主動與我接觸，應該可以判斷他有意延續那晚的話題吧。

然而史卡雷特卻沒有回應我。不只如此，他甚至突然打開直升機的艙門，讓強風頓時灌進機內。

「嗚！你想做什麼？」

我用手臂擋著颳到臉上的夜風，並觀望史卡雷特的行動。

結果吸血鬼竟咬破自己左手的拇指，然後把手伸出艙門外。
鮮血從他拇指流下，乘著風灑落到街上。
「哈！哈哈！這是鮮血饗宴。開心吧，人類。」
「……今天的天氣預報肯定每一家都預測錯誤了吧。」
吸血鬼的血雨淋向燈火通明的街道。史卡雷特臉上帶著笑容，讓血持續流了三十秒左右，最後才關起艙門回到位子上。
「為何要做這種事？你跟街上的人有仇嗎？」
「有仇？真是單純的思考。」
史卡雷特一副桀驁不馴地托著腮嘲笑我。
「我這樣做反而是在保護人類啊。灑下鮮血，主張我在這裡。」
「向誰主張？」
「讓我想想，假如要讓愚蠢的人類也能理解，簡單來講……」
「跟你講話有夠麻煩的。」
「就姑且稱作敵對的吸血鬼吧。目前那傢伙對人類而言，同樣是會造成危害的存在。」
「……你們同族之間在互相敵對嗎？」
該不會就是那敵對的吸血鬼試圖引發所謂《吸血鬼的叛亂》吧？而史卡雷特想

要阻止對方？

「可是上次你不是也製造並率領了大量的《不死者》嗎？雖然當時你主張那麼做也是為了幫助人，然而那項行動不可否認引發了一場大混亂。」

「哈！你變得很敢說了嘛，人類。」

史卡雷特翹起大腿，揚起嘴角。

「為了今後可能到來的關鍵時刻，我本身也有必要掌握清楚自己能夠控制自己的能力到什麼程度。假如你要把那樣的行為視作人體實驗並對我譴責，隨便你。」

對於史卡雷特這段發言，我無言回應。現在的我沒有任何力量去糾正《調律者》所認為的正義。

「然後呢？你今天把我叫出來見面就是為了講這些事情嗎？難道你希望我們協助你一同阻止吸血鬼的叛亂？若真如此，那要看夏凪的判斷……」

「不，正好相反。」

史卡雷特加重語氣打斷我的發言。

「別對我的工作插手。」

「……什麼意思？」

「就是字面上的意思。阻止吸血鬼叛亂是我的工作。絕對不許偵探插手。」

「為什麼要在夏凪不在場的時候跟我講這種話？」

「如果要說服那女人，沒有人比你更適任吧？那女人太麻煩了。」

他說著，用鼻子「哼」了一聲。難道上次在國會議事堂見到面的時候，他從夏凪身上感受到了什麼嗎？

「可是《聯邦政府》說過防堵吸血鬼叛亂是《名偵探》的使命。」

「你總不會以為那些傢伙是講認真的吧？」

被他這麼一問，我腦中頓時閃過上上個月和艾絲朵爾之間的對話。

艾絲朵爾當時表示夏凪身為《調律者》的能力不足，充其量只是為了控制住身為《特異點》的我，才會讓她坐上《名偵探》的位子。

「……那群傢伙是給予了夏凪一個徒有形式的使命啊。」

他們知道反正夏凪渚根本沒有能力阻止什麼吸血鬼的叛亂。

「跟上頭那群傢伙不一樣，我並沒有完全不認同那女人的意思。」

史卡雷特這句話讓我不禁抬起頭。

「只是單就這次的事情來講，應該是身為吸血鬼的我必須完成的使命。反過來說，名偵探肯定也有名偵探才能達成的使命。不是嗎？」

「……偵探的、使命。守護委託人的利益。」

對鄰人伸出援手，實現對方的心願。

史卡雷特或許想表示，偵探必須做的工作本來應該是像這樣幫助自己周遭的人們才對。

「你眼神看起來還不太能接受啊。」

簡直就像自己的心事被對方看穿，讓我頓時內臟發涼。

「不過也罷，沒關係。」

史卡雷特不知何時端著一個高腳酒杯，畫圓似地搖蕩著杯中的液體。

「我已經給你忠告了。要怎麼做你自己決定。」

「真討人厭的脅迫啊。」

如果違背忠告——如果人類違背吸血鬼之王的意思，會有什麼下場？

我此刻實在沒有勇氣當面問他這種事情。

◆非日常中的畢業旅行

後來過了一個禮拜，我現在坐在飛機上，而且是平常幾乎沒機會享受的頭等艙。準備起飛之前，我在**熟識的空服員**許可下打了一通電話給夏凪。

「就是這樣，夏凪，我要稍微去一趟北歐地區。」

春假。我如此告知夏凪自己要利用大學入學之前這段空檔出國旅行的事情。當然，我不是去玩，是為了某件工作。

『為什麼你一副理所當然地丟下我呀？』

然而從電話另一頭卻傳來埋怨的聲音。

畢竟這次旅行是幾天前才臨時決定的事情，我沒時間找她商量啊。

「話說妳現在還不是在印度。跟朋友去畢業旅行什麼的。」

沒錯，夏凪現在同樣正在出國旅行中。不過她的狀況是從很早之前就已經計畫好的樣子……有朋友可以一起去畢業旅行，老實說真令人羨慕。

『假如君塚是一個人去倒還無所謂，可是……』

「可是？」

『反正那女孩肯定在你旁邊對不對？』

夏凪這麼一問，結果她口中的「那女孩」便把上半身湊過來一起講電話：

「哈囉，妳的前任男友就放心交給莉露吧。」

包包頭髮型、便服打扮的莉洛蒂德用調侃語氣如此挑釁夏凪。

『嗚！為什麼事情會變成這樣……』

「因為君塚說他無論如何都想陪莉露一起回國，有什麼辦法嘛。」

如此這般，我們現在正準備前往莉露的故鄉——北歐。

這絕不是我任性要求陪在莉露身邊，但兩人偕伴旅行也是不爭的事實。另外，身為前任使魔來說，能夠充當主人的雙腳，搞不好反而是值得引以為傲的使命。

「而且我這次旅行的目的並不只是陪莉露回鄉而已好嗎？說不定也可以找到瑪莉的故鄉啊。」

一個禮拜前，我當作報告近況向莉露稍微提了一下那件委託的事情，結果沒想到莉露竟說她以前有看過跟那幅畫中的聚落很像的景色。

而且據說那是距離莉露的故鄉不遠的村落，於是我為了確認，便決定跟著莉露的回國行程順道同行了。

「就是這樣。幾天後，等我們各自回國再見吧。」

由於飛機即將起飛，我暫時如此跟夏凪道別。

『嗯，知道了。我這邊也是，關於那件事情假如有什麼進展，下次我會再跟你說。』

「好，謝啦。」

夏凪其實同樣不是單純出國玩而已。她也在當地有必須負責的重要任務。互相分工合作，對於偵探和助手來說是必要的事情。

『抱歉我剛才講了些有的沒的。那邊也拜託你囉。』

「好，雖然有必須做的事情，不過妳也要好好享受畢業旅行喔。」

夏凪應該享受高中生活到最後一刻——希耶絲塔肯定也是這麼期望的。

『……謝囉！』

她最後留下一句『我會買紀念品給你』後，掛斷電話。

看來我家那些來自世界各國的奇怪紀念品又要增加了。

「原來如此。」

結束通話的同時，莉露擺出思考的動作。

「一開始嫉妒，但最後又表現出理性聽話的態度。那女孩逐漸學會了當正妻的輕重拿捏呢。」

「我是不是不要聽見這段分析比較好？」

我們互相輕輕一笑後，陷入沉默。雖然沒有到尷尬的程度，不過還是有點猶豫該聊些什麼才好。畢竟我們之間實在稱不上是朋友關係。

大約兩個月前打倒《暴食》而莉露變得無法走路之後，我們有在醫院見過幾次面，討論她的傷勢狀況或世界情勢等等。不過已經好久沒有像這樣私下見面了。

「你講話呀。」

莉露耐不住這段奇怪的沉默而輕輕拉了一下我的袖子。

「既然是寵物就應該要擅長講話不是嗎？」

「就算是寵物，我也不是鸚鵡而是狗才對吧？」

「說得很好。」

她笑著摸摸我的頭。真是巧妙的一道陷阱。

既然都上當了也沒轍，我就讓她再摸一下吧。

「多虧有你……」

莉露稍微把臉別開說道。

「在各種事情上，莉露想說要試著重新來過。接下來的人生該怎麼走，要拿什麼當目標活下去。為了重新好好面對這些問題而回故鄉一趟看看──這契機是你為莉露創造的。」

莉露在好幾年前放棄了田徑、離開家鄉，據說成為《調律者》之後甚至完全沒有再與故鄉聯絡。而對那樣的她提議歸鄉之行的人正是我。既然如此，開口提議的我與她同行或許也是理所當然的事情。

「我們恐怕都一樣，大家的人生都才剛開始啊。」

莉露從我頭上把手拿開，但依然繼續淡淡微笑著與我相望。

不知不覺間飛機已經離開陸地，天空之旅開始了。

『──呃，這到底是在演哪齣戲給我看呀？』

不知從何處忽然傳來聲音。我東張西望地尋找起來，結果就從正前方又聽到『在這邊啦』的聲音。那裡有一臺座位配備的螢幕，上面映出青髮巫女──米亞・惠特洛克的身影。

「為什麼米亞會在螢幕上？」

『剛才我按下奧莉薇亞寄來的網址，就連接到這裡來了。』

原來是那傢伙搞的鬼。登機時我們有稍微聊了一下，但沒想到她竟然還搞這種把戲。

『不過這也剛好。我有事情要跟你說。』

「告白？」

『你笨蛋嗎？』

變得很敢說了嘛。

米亞可愛地「咳咳」，清了一下喉嚨後，開口說道：

『請你要小心《不死之身的木乃伊》。』

身穿巫女服的她臉上帶著極為嚴肅的表情。看來這是《巫女》的預言。

『這是我剛才看到的未來。今後你將會被捲入不死木乃伊來襲的事件中。』

「這次又輪到木乃伊啦。自從上次的《百鬼夜行》之後，恐怖劇情接二連三到來啊。」

『不，雖然同樣是鬼，但這預言跟《百鬼夜行》無關，而是跟《吸血鬼的叛亂》有關係。因為我看到斷斷續續浮現那樣的印象。』

……原來如此，居然是跟那邊扯上關係。不過從『不死之身的木乃伊』這種關鍵字的確也能聯想到吸血鬼。

『現在還只是很籠統模糊的預言，但總之你小心提防。』

「了解，等一下我也會跟夏凪講。」

我們隔著螢幕互相點頭。接著，米亞的視線朝我旁邊瞄了起來。坐在那裡的是莉洛蒂德。這麼說來，她們兩人是水火不容的關係。

「米亞・惠特洛克。」

首先有動作的是莉露。她筆直看著畫面，對米亞說道：

「去年在《聯邦會議》上爭執過的事情，妳還記得嗎？那時候莉露完全否定了妳的意見，但現在想想是莉露錯了。」

見到莉露低頭道歉的模樣，米亞一臉驚訝地瞪大眼睛。

「遇上危機、面對問題的時候，藉助於他人之手也是可以的。無論什麼人，都應該有伸手尋求幫助的權利。」

莉露最近學到了這麼一課——她說著，臉上露出微笑。

那是發生於去年夏天，在紐約舉辦的《聯邦會議》中上演過的一幕。對於米亞和希耶絲塔針對單獨一項《世界危機》建立合作關係的事情，莉露當時強烈表示反對。這雖然是受到莉露的過去經歷與自身狀況所影響，不過她現在似乎改變了那樣的想法。

『這、這樣呀。呃不，我並沒有……』

預料之外的發展讓米亞頓時困惑，視線游移不定……

『……不過，我明白了。謝謝妳告訴我妳的想法。』

最後，她害臊地如此呢喃。

接著兩人之間又陷入尷尬的沉默，於是米亞輕咳一聲。

『話、話說回來，真沒想到妳會那樣乖乖道歉呢。不過說得也是，畢竟以《調律者》來說我是妳的前輩。今後就讓妳好好觀摩身為前輩的背影吧。』

她把原本退到後面的椅子又拉回螢幕前，不知為何……真的不知為何，挺起了胸膛。

一下緊張又一下鬆弛，恐怕是因為發生太多出乎米亞預料之外的事情，最後導致她得意忘形起來了。或許由於第一次有了個乖巧的後輩，讓她感到很興奮吧。

「啥？莉露才沒有跟妳道歉喔？」

然而，莉露卻對著表情滿足的米亞吊起一邊的眉毛。

『咦？可是妳剛才說自己錯了……』

「那只是承認莉露輕易否定妳意見的行為不對而已，並不表示莉露的想法就是錯的。妳也正確，莉露也正確。就只是這樣。」

『什……！妳、妳乖乖道歉不就好了。』

「啥？妳在那邊嘀嘀咕咕什麼？聽不見啦。」

『奧莉薇亞！這個要怎麼關掉啦！』

在畫面的另一頭，米亞慌得不知所措，就連我告訴她「奧莉薇亞在我們這邊啊」的聲音都沒聽見。既然平常會玩線上遊戲，她應該不至於是個機械白痴才對，但為什麼每次著急起來就會變成這副德行？

「還是老樣子啊。」

我不禁苦笑，結果從旁邊傳來「噗哧！」一聲輕輕噴笑出來的聲音。

米亞沒有發現，不過莉露確實開心笑了。

「真是個奇怪的孩子。」

莉露失去了朋友，不，應該說獨一無二的競爭夥伴。

那樣的她，將來是否有一天能夠再結交到彼此敞開心胸相處的朋友呢？例如膽小沒自信卻又個性固執，總讓人感覺放不下的巫女少女成為莉露的朋友候選——這樣的未來是不是期待過多了？

◆寵物與飼主的中場休息

結束約十小時的飛行，我們抵達了目的地機場。不過由於前往莉露故鄉的國家沒有直達航班，因此這裡只是中途點而已。接下來還必須在這裡轉機一次。

另外因為航班時間的關係，我們要在當地旅館過一夜。考慮到莉露現在的身體狀況，在這裡休息一下或許也是好事。

「意外是一趟奢侈的旅行啊。」

我看著剛剛完成入住登記的豪華房間，喘一口氣。

這裡同樣是透過莉露身為《調律者》的特權入住的高級飯店。以前和希耶絲塔一起踏上貧窮之旅的期間，我完全沒機會看過這種等級的房間。當然，她如果當時向我公開自己《名偵探》的身分，應該也能在這種地方過夜就是了。

「不好意思囉，還麻煩你。」

莉露對幫她推著輪椅到這裡來的我如此表示。當然無論在機場或飯店等設施中我們也有受到不少人協助，但只要是我能做的事情都是我一個人做的。

「哎呀，畢竟我是妳的使魔嘛。」

「你真的很有給人使喚的才能呢。」

總覺得這句話好像沒有在稱讚我。

「不過從一開始就拜託《黑衣人》不是比較輕鬆嗎？」

「考慮到方便性的話確實是沒錯啦，但這次難得跟妳兩個人旅行，我不太想讓別人介入。」

「……在說什麼嘛。」

莉露雖然感到傻眼卻也似乎有點開心的樣子。

我用公主抱的訣竅將她從輪椅上抱起來，走向軟綿綿的沙發。

「反正《黑衣人》肯定隨時都在什麼地方監視著我們啦。」

「意思說我現在也沒辦法動什麼歪腦筋了。」

「要是《黑衣人》沒在看，你就會在這裡對莉露做些什麼嗎？」

「那種狀況下，還需要徵得偵探、偶像、特務、巫女以及其他許多人的許可。」

「總是被女孩子們圍繞似乎也有點麻煩呢。」

我面露苦笑，將莉露放到床上。

「你不是要把莉露抱到沙發上的嗎？」

「我搞錯了。哎呀，別在意。」

在超大尺寸的床上，我們並肩而坐。結果莉露輕輕拍兩下自己面前的空位。應該是叫我過去的意思。

「反正手可以動，莉露幫你揉個肩膀。」

看來是來自飼主珍貴的獎賞時間。

於是我坐到莉露面前背對她。

「你一直背莉露，應該很累了吧？」

「也還好。我反而覺得妳可以再多長一點肉。」

莉露的手掌雖小，不過揉著我的肩膀還是很舒服。我都忘記上次給人按摩是什麼時候的事了。感覺還不錯。

「但話說，你都不會覺得丟臉嗎？在大庭廣眾下對莉露又背又抱的。」

「不會，在大庭廣眾下背女生抱女生這種事我已經習慣了。」

施在肩膀上的力道忽然增強到五倍左右。這根本是在掐我吧？

「不過妳是那種會覺得丟臉或在意那種事情的類型嗎？」

「莉露本來不會在意才對。可是……」

她講話的語氣變得平淡，手掌力道也減弱下來。

「莉露或許恢復成普通人有點過頭了。明明在當《魔法少女》戰鬥的時候，莉露根本不會在意周圍的人怎麼看自己……可是現在卻會無意間在意起自己在別人眼中看起來如何，會不會感覺很弱小之類的。」

他人的目光，客觀的評價——以前本來覺得不在乎的東西，現在莉露卻開始感到在意了。對於經歷一場大戰後決定改變人生的她來說，這或許在某種意義上是一種必經過程吧。

「不過，想想也對。莉露還沒打算從正義使者的身分畢業，要再稍微振作一點才行。」

「也別太勉強自己喔。雖然之前我跟妳說過希望妳能幫忙我們，但人生要怎麼活是妳的自由。」

「——嗯。」

這次的旅行，或許同時也是讓莉露決定今後人生的旅行。

「話說莉露也太久沒有跟家人見面了，感覺都不知道該聊些什麼才好呢。」

莉露語帶詼諧地如此表示，重新開始幫我揉起肩膀。

聽說她姑且有跟父母約好要見面的樣子。

「妳好像說過你們已經大約五年沒見了。」

「是呀，而且說到底，莉露根本不記得小時候他們有寵過莉露，甚至連他們有帶莉露去哪裡玩過的記憶都沒有。所以能夠肯定的是，絕對不會上演什麼感動重逢的戲碼。」

「是喔，不過那樣心情上反而可以比較輕鬆吧？雖然包括檯面下的世界在內有很多事情不能講，但畢竟對方依然還是妳的家人啊。」

我不曉得這樣講能有什麼幫助，但我還是說出這種世間一般的想法。

「至少他們讓妳去從事田徑運動，讓妳有飯吃，把妳養大。光是這樣……」

我忽然注意到，自己有點擅自講過多了。我把上半身轉過去，發現莉露有點驚訝地睜大著眼睛。

「抱歉，我這樣擅自評論妳的家人。」

「不會啦。話說回來，你……沒事。」

當莉露沒說——她搖搖頭如此表示。莉露知道我的身世來歷嗎？既然以前包含《特異點》的事情在內對我做過一番調查，或許她在某種程度上已經知道了吧。所以現在才會故意不提的。

「總之，莉露會抱著平常心去見面啦。反正跟至今遇過的《世界之敵》相比，肯定好對付得多吧。」

「這麼說也對。祝妳好運。」

我和莉露輕輕互敲拳頭。

「那麼，今天就早點吃飯洗澡，然後早點休息吧。」

「嗯，那我去叫客房送餐服務，妳先去洗澡……」

我講到一半忽然自己察覺一件事，接著莉露咧嘴露出微笑問我：

「君彥當然也會照料莉露洗澡對不對？」

……保險起見，我想還是打個電話給夏凪確認一下好了。

◆終末聚落

隔天，我和莉露再度前往機場，搭一個小時的飛機——飛往莉露的故鄉。

然而莉露的老家似乎在非常鄉下的地方，還要從這裡轉乘好幾班列車才行。結果根本沒什麼時間讓人觀光，我們便趕緊搭上了第一班列車。

「話說這裡好冷啊。」

雖然車廂內有開暖氣，但外頭氣溫卻是冰點以下。即使日本已經進入春季，北歐地區依然跟寒冬沒有兩樣。

「真沒出息。」

然而坐在我對面座位的莉露，卻一副習以為常地脫下外套蓋到大腿上。

「明明昨天跟莉露一起洗澡洗到全身暖烘烘的說。」

「……妳在講什麼，我不記得了。」

關於昨晚在那之後究竟發生過什麼，反正已經是結束的事情，我就不講了。

「趁現在先跟你講清楚，莉露回去老家的這段時間，你要去那個聚落對不對？」

「對，關於去那邊的事，我打算請《黑衣人》關照。」

接下來我們會分頭行動。我要前往這次旅行的另一個目的地，也就是去找瑪莉的故鄉。據說位於從莉露家開車一個小時左右的地方。

「你務必要小心喔。根據莉露小時候的記憶，大人們都說不准接近那個聚落。」

雖然不清楚理由啦——莉露如此表示。在這次的旅途中，她已經好幾次這麼勸告我。究竟到那個聚落會發生什麼事啊？

「遇上萬一的時候，我會讓《黑衣人》想辦法啦。」

「《黑衣人》可能只會幫你開車而已喔。」

……是喔，我忽然開始感到不安了。保險起見，要不要至少請他們幫我準備個武器？

「哎呀，不過應該沒問題吧。」

莉露看著我的臉輕輕一笑。

「妳這句話是很振奮人心啦，但妳有什麼根據嗎？」

「有呀，因為你可是最強的魔法少女——莉洛蒂德的使魔。」

後來我們又轉乘了兩班列車。抵達終點站後，我和莉露暫時道別了。我們各自搭上《黑衣人》駕駛的車，莉露前往她老家，而我前往那個聚落。

途中都是山路。雖然一開始的出發點已經是個鄉下小鎮，但隨著車子行進，四周的房子或人影越來越少，太陽也逐漸沉落。

「叫《黑衣人》來果然是正確的選擇。」

這地方似乎昨天才下過一場大雨，路面泥濘難行。要是我叫一般的計程車，走這段山路想必很困難吧。

就這樣從出發後過了大約一個半小時，車子停了下來，表示應該已經抵達聚落了吧。於是我下車稍微走一段路，看到眼前的景色，腦中卻浮現大量問號。

「這是、什麼地方？」

三百六十度放眼望去都是一片荒野。瑪莉給我們看的那張故鄉畫作中的白色房子哪兒都找不到，整片景象怎麼看都稱不上是個聚落。

雖然沒有房子，不過卻能看到另外的東西——墳墓。不是常見的那種十字架，但明顯看起來是墓碑的東西大量排列在荒野上。

「莉露搞錯了嗎？」

她說看到聚落是小時候的事情。會不會因為幼年期的記憶很模糊，所以印象跟實際的景色完全不同？

「你怎麼想？」

儘管知道對方應該不會回答，但我還是為了尋求一點小小的反應而回頭詢問——結果卻發現剛剛載我過來的《黑衣人》已經消失無蹤。

「這樣我回去時要怎麼辦啦？只要我叫了總會馬上再過來吧？」

我忍不住開口抱怨。就在這時候……

「哦？真難得會有人到這裡來。」

我聽見有人說話的聲音而轉過頭去，看到一位老紳士。

身穿西裝，拄著拐杖，用比我稍低的視線對我微笑。

「……你是？」

我忍不住往後倒退兩、三步如此詢問，結果……

「會來這地方的理由應該只有一個吧。」

老紳士臉上帶著傷腦筋的笑容，指向大量的墓碑。應該是說來掃墓的意思。

「難道你不是嗎？」

「呃、不，我……」

好啦，這下我該怎麼回答？說自己是來掃墓就等於撒謊，但老實回答也搞不好會讓對方起疑。畢竟我光從外觀上看起來就明顯不是附近居民。讓對方產生不必要的警戒心也很吃虧。

……不對，那才真的是杞人憂天。我現在應當只考慮目的並達成目標才對。假如換成莉洛蒂德，肯定只會挑選最短的路徑吧。

「其實我在尋找這個聚落。」

我將瑪莉交給我們的那張照片拿給老紳士看，並說明自己在尋找與照片中的聚落相似的場所。

「哦哦，確實沒錯。」

老紳士悲傷地皺起臉。

「雖然不是同一個村落，不過這附近一帶以前曾經住過一群人，跟那幅畫中聚落的居民是源自相同祖先的民族。就在短短半年之前。」

「半年前發生了什麼事嗎？」

老紳士深呼吸一口氣後說道：

「村落被燒掉了。被一個吸血鬼。」

出乎預料的關鍵字讓我當場屏住呼吸。

吸血鬼——沒想到會在這裡聽到這個詞。

「或許難以置信，不過千真萬確。就是吃食人類的血肉，試圖延長自己短暫壽命的受詛咒種族——吸血鬼。那傢伙在半年前現身於這個村落，不分男女老幼把村民全部殺掉了。」

那與其說鬼，根本是個惡魔啊——老紳士說著，露出呆滯的眼神。

「我那天因為有事離開村落，但我家人全部都在這裡。將來應該還有光明前景的子子孫孫全都死了。」

全村被燒光，釀成如此大量犧牲者的悽慘事件。雖說發生在國外，但日本的新聞就算報導出來應該也不奇怪才對，可是我卻沒有印象。反過來說，或許是因為跟吸血鬼扯上關係，所以沒辦法搬到檯面上報導吧。

說到半年前，應該也是莉洛蒂德身處異鄉與各種《世界之敵》交戰的時期，因此她不曉得自己故鄉附近發生過這種慘事也是難免的。

「你的小孩和孫子喪命了？」

「是啊，妻子、兄妹，有血緣關係的人全都死了。」

老紳士帶著悲傷的表情搖搖頭。那模樣令人心痛得彷彿任何安慰話語都沒有意義——不過……

「你沒有帶花來嗎？」

這本來不是什麼值得奇怪的地方。國情不同，文化不同，宗教信仰也不同，另外或許也要考慮到個人的習慣與思考方式。因此即便這位老紳士來探望家族的墳墓沒有獻花，也不應該是我可以多嘴的事情——但……

「我看起來有那麼奇怪嗎？」

老紳士露出苦笑。

我很清楚。當人失去自己珍愛的對象，在這樣的場合究竟會露出什麼表情，我很清楚。像齋川、像莉露、像夏凪，或者……我會如何？

不管怎麼說，在我眼中看起來這位老紳士實在不像經歷悽慘事件喪失家族……而前來掃墓的人。這感覺難以言喻，但即便如此，他的表情就是不一樣。我只能這樣形容。

「你是怎麼到這裡來的？我沒聽到車聲啊。」

我如此詢問老紳士。

難道獨自一個人拄著拐杖走路過來的？可是他的西裝長褲和鞋子卻都沒有沾到一點泥巴。明明路面因為昨天的大雨而那麼泥濘。

假如真的能辦到那種事，簡直不是人了。

「原來如此，是這麼一回事啊。」

換言之——

「你是吸血鬼對吧？」

「哦？食物好像在講話呢。」

◆鬼的詛咒，地獄的業火

我與對方拉開距離的同時拔出手槍。還好我剛才有拜託《黑衣人》至少借我一把武器。這都要感謝莉露的忠告。

「雖然不曉得這玩意對吸血鬼是否管用就是了。」

我姑且瞄準對方的腳部。槍械對史卡雷特有發揮過效用嗎？……不，以前夏露砍斷過那傢伙的手臂，但他的手臂馬上又接回去了。假如這位老紳士——不對，這個老吸血鬼也擁有相同能力的話，手槍或許也對他沒有效果。

「人類這個種族總是會急著送死呢。」

與我保持幾公尺距離的老吸血鬼瞇著眼睛笑了起來。看那從容不迫的態度，代表槍械果然對他不管用。

「嗚！你到底是誰？在這裡做什麼？」

就情報上我知道，吸血鬼這個種族除了史卡雷特以外還有其他個體。不過假設這位老人就是所謂其他的吸血鬼好了，他來這種地方想要做什麼？這種埋葬有大量人類遺體的地方。

「難不成你想讓死者復活？」

一個禮拜前在夜空中的直升機上，史卡雷特說過有敵對的吸血鬼企圖危害人類。難道就是指這位老吸血鬼？

「讓死者復活？為什麼？」

然而老吸血鬼卻疑惑歪頭。

他看起來不像在跟我裝傻。那也就是說……

「如果只是要吃飯，保持屍體的狀態不就好了？」

「是喔，那我就給你子彈吃吧。」

去。

我朝老吸血鬼的右腳和右肩開槍。兩發子彈都命中目標，讓敵人原地跪了下

彷彿算準時機似的，就在這時有一臺全黑的車子開過來。是《黑衣人》。於是我趕緊坐進副駕駛座。

「快走！」

握著方向盤的《黑衣人》還是老樣子，面無表情地踩下油門。

雖然剛才我對敵人撂了狠話，但其實根本沒有勝算。要是來這裡的任務都沒得到成果就被殺掉，才真的叫做去找木乃伊的人自己變成木乃伊（註1）了。又不是米亞的預言，我當然要選擇逃跑。

我就這麼坐在車上開始思考。那個老吸血鬼究竟是什麼存在？為什麼要吃人類的屍體？

「史卡雷特好像也說過他需要喝血。」

像我跟那傢伙初次見面時就是那樣。去年夏天，聲稱自己差點要餓死的史卡雷特沒有徵求同意就吸了我的血。

註1　日本諺語，原意指本來要去說服對方卻反被對方說服，或原本要去救人質卻自己也一起成為了人質等等。

如果對吸血鬼來說人類的血肉是能量來源，而剛才看到那一大片墳墓下埋有大量的人類屍體，等於就是對吸血鬼而言最好不過的覓食區了。換言之，那個老吸血鬼偶然發現那樣一個好地方……

「……不對，追根究柢，把聚落村民全數殺掉的會不會就是那個老吸血鬼？」

然後他把一次吃不完的屍體埋起來，當作糧食儲備區了？

若真如此……

「是世界之敵啊。」

我不禁如此呢喃。那毫無疑問是必須被打倒的邪惡存在。

「從我們的角度來看，你們人類才是敵人。」

有如直接在耳邊細語似的，我忽然聽到這樣的聲音。

緊接著，傳來「砰！」一聲強烈的衝擊聲響。一把長刀刺破車頂，貫穿駕駛座與副駕駛座之間。車身由於急煞而用力打轉，最後停下。

我趕緊從副駕駛座爬出來，發現那個老吸血鬼就在車頂上。貫穿車子的是他手中那根拐杖——不對，是藏刀杖。

他的腳部與肩膀雖然有被我開槍擊傷的痕跡，但已經停止出血了。即使不到史卡雷特的程度，但他同樣靠著吸血鬼的再生能力逐漸復原中。

「為了自己的目的擅自創造出我們吸血鬼，等目的達成後又決定把整個種族都殲滅掉。你不覺得要我們乖乖服從那種事情，也未免太不合道理了嗎？」

老吸血鬼拔出藏刀杖，跪在車頂上如此問我。身上釋放的殺氣看不出破綻，但也沒有要立刻攻擊過來的感覺。

「所以你們吸血鬼想要報復人類？」

「我也曾經有過那樣的念頭。」

老吸血鬼語氣低沉地表示。也就是說「現在沒那想法」的意思嗎？

「我單純只是想要活得正當，死得服氣而已。」

「活得正當？甚至不惜把聚落村民的性命都奪走？」

「你們人類還不是靠著犧牲其他生命讓自己活下去？」

這反駁讓我頓時說不出話來。

忘了是什麼時候，昔日的敵人——席德也曾講過類似的話。藉由犧牲其他存在維持自己的構圖，只要自己還活在世上就無從否定。

「更何況，這本來是你們人類強加在我們身上的制約。對吸血鬼施加短命詛咒的你們，居然還想嘲笑我們拚命試圖延長自己壽命的難看模樣嗎？」

「……你說吸血鬼、短命？」

史卡雷特以前確實說過，吸血鬼絕非什麼不死的種族。但短命的詛咒又是怎麼回事？

「三十年。」

老吸血鬼睜大金色的眼睛。

「這就是我們原本被賦予的壽命。」

「怎麼會……」

吸血鬼的壽命居然不到人類的一半？所謂的吸血鬼據說原本是兩百年前的《發明家》創造出來的種族。那麼《發明家》為何要故意把壽命設定得那麼短？

我稍微想一下便得出解答。但我不太願意用自己的嘴刻意在老吸血鬼面前講出那種話。

「因為是消耗品啊。」

吸血鬼自己講出了答案。彷彿要講給人類明白。彷彿把我視為人類代表。他從剛剛都不攻擊過來也是為了這個目的。

「我們吸血鬼只是為了打倒世界之敵，而創造出來的限時性生物兵器。因此當初開發者想說，頂多只要能活動三十年應該就足夠了——啊啊，實在教人一肚子火。」

果然是這樣。當時的《發明家》——或者《聯邦政府》——完全沒有顧慮到吸血鬼的心情。絲毫沒有思考到會有這樣一個老邁的吸血鬼對自己即將到來的死期感到畏懼、恐怖、氣憤與悲傷。

「所以我把人吃了，甚至連自己的同胞也吃了。那些血肉確實延長了我的壽命。」

看啊——老吸血鬼在車頂上站起身子。

「我活了整整八十年！藉由吃遍各式各樣的生命，而且今後還要繼續活下去！絕對不讓你們人類的想法得逞！」

他展開雙臂，額冒青筋，用布滿血絲的雙眼如此宣言。

不會錯，他接下來真的要把我吃掉了。

「既然這樣，我也不會讓你得逞。」

我把槍口舉向敵人頭部。沒餘力讓我對他鬆懈大意或手下留情了。

「我不是說過了？區區人類，別插手搶王（我）的工作。」

就在這時，不知從何處傳來這樣的聲音。

雖然看不到身影，但講話的人物是誰再清楚不過。

「啊、啊、啊啊啊啊啊啊啊啊啊啊啊啊啊啊啊啊啊啊！」

緊接著傳來慘叫。是老吸血鬼痛苦掙扎的聲音。

「這是、什麼？」

在眼前的車頂上，站立的老吸血鬼全身開始冒出蒸氣——皮膚冒火了。
看起來有如他體內的血液突然沸騰一樣。
轉眼間，老吸血鬼就被濃煙與火焰包覆，身體一下子熊熊燃燒起來。
「啊啊啊啊啊啊！你、你對屍體……對食物、動了什麼手腳……！」
車子的駕駛座上看不到《黑衣人》的身影，看來在不知不覺間脫逃出去了。
這點是沒什麼問題，但我此刻真正應該思考的是……
「嗚！這裡可沒地方給我躲啊。」
沒多久汽油就被點燃，引起大爆炸。
我只好背對車子往荒野衝去。
從我的背後傳來被烈焰吞噬的老吸血鬼臨死前的喊叫：
「混帳！連影子都不現身嗎——猶大！」

◆魔法少女的另一篇終章

後來不知過了幾個小時。我由於身心俱疲而搞不太清楚，但唯一可以確定的是自己勉強脫離了最糟糕的危機。然後我現在從那片墳墓移動到了安全的屋內，正在打電話把剛才發生的事情告訴夏凪。

『沒想到事情竟然會變成那樣……真是辛苦你了。』

「是啊，居然到這種地方還遇到吸血鬼。」

米亞的預言本來就讓我有點不好的預感了，但這場麻煩實在出乎預料。

『你的體質簡直到了極致呢。』

夏凪感到放棄似地苦笑。不知這要算容易被捲入麻煩的體質所害，還是所謂《特異點》的性質所導致。但不管怎麼說，我都敬謝不敏啊。

『不過到頭來，那片被燒掉的聚落並非瑪莉小姐的故鄉嗎？』

「如果按照那老吸血鬼的講法啦。只是他也說過，半年前還有人住在那裡，跟畫中聚落是相同民族的樣子。」

雖然這也要看那傢伙講的話有多少可信度，但至少有點線索了。而且這表示莉露小時候的記憶也是沒錯的。如果那聚落有留下來，我本來還可以去問問看那裡的居民，可是這下也無法如願了。

『聚落遺址附近沒有其他居民嗎？』

「我也有那樣想，所以到山腳的村子稍微問了一下……但每個人都說『關於那個聚落的事情並不清楚』這樣。」

只是當時那些人的反應讓我莫名有種奇怪的感覺。該說是明明知情卻故作不知嗎，或者由於事件內容太過悽慘而讓人不願多提。

莉露說過大人們都會交代小孩子不要接近那個村落。當然，那是在半年前那樁事件之前的事情。原本住在那個聚落的究竟是怎樣的一群人？

『那麼，尋找故鄉的調查行動還要繼續囉。』

「是啊，不過關於《吸血鬼叛亂》的事情或許也要開始認真思考才行了。」

『……嗯。可是史卡雷特最後還是不見蹤影了對吧？』

對，救了我一命的毫無疑問是史卡雷特，然而他殺掉老吸血鬼之後又立刻不知往哪裡去了。當時他好像被老吸血鬼用「猶大」這個名字呼喚，究竟那兩人之間是什麼關係？

不管怎麼說，總之史卡雷特應該是為了殺掉那個老吸血鬼而來到這裡的吧。彷彿在主張阻止《吸血鬼叛亂》是自己的工作。

『其實那本來應該是我必須要做的事情呀。』

可以聽得出來，電話另一頭的夏凪正不甘心地咬著嘴唇。

在她的認知中，那本來應該是《名偵探》的使命。雖然我有點猶豫，但還是有把一週前在直升機上與史卡雷特之間的對話告訴過夏凪。

『另外還有一件事，對不起。到最後我這邊還是沒能跟《情報屋》見到面。雖然我有跟朋友分頭行動了一段時間的說。』

夏凪語氣有點無精打采地如此道歉。

《情報屋》布魯諾・貝爾蒙多。

與那個人物見面就是夏凪這次畢業旅行中的任務。

『我根據《黑衣人》提供的情報，雖然鎖定了他的所在地……但還是慢了一步。對方恐怕察覺我要跟他接觸，而轉移了場所。』

「這樣啊。哎呀，畢竟他似乎不是那麼容易能夠見到面的人物。」

我唯一一次見過《情報屋》是在去年夏天，希耶絲塔帶我出席《聯邦會議》的時候。然而據說他除了那種公開場合之外，鮮少會在私底下與其他《調律者》見面。

我和夏凪即便如此也希望跟《情報屋》見面的理由只有一個，就是問他是否有方法讓希耶絲塔醒過來。前陣子史蒂芬在拯救希耶絲塔的方法上，對我們提出了兩項極難決定的選擇。但真的除此之外都沒有其他路可選了嗎——我們因此無論如何都想尋求據說網羅各種知識的《情報屋》，希望能提供他的智慧。

然而現實似乎沒有那麼單純。除了身為《調律者》的使命之外，不會基於私人理由提供情報——這就是布魯諾・貝爾蒙多秉持的哲學。

『當然，我不會放棄就是了。』

夏凪態度積極地讓聲音又恢復精神。

『既然靠《黑衣人》不行，那這次我就靠自己的力量把他找出來！就算要當個跟蹤狂也在所不惜！』
「不能當跟蹤狂啦。哎呀，總之詳細內容等我們都回國再討論吧。」
『嗯，我也是明天就會回去了。』
距離春假結束還有一段時間。等我們下次見面，彼此應該都有很多事要講吧。
『話說君塚，你現在是住在飯店嗎？』
「呃～關於這點嘛……」
其實我故意沒講清楚的部分竟被她問個正著了。
結果剛好就在這個時候……
「君彥，可以換你洗澡囉。」
莉露坐著輪椅進到我在的房間中。雖然她頭髮已經吹乾了，但依然微微飄散出洗髮精的香氣。
『……你跟那女孩同房呀。』
夏凪嘀嘀咕咕地念著，而注意到這點的莉露馬上靠到手機邊說道：
「要說同房嘛，這裡是莉露家呀。」
『拜訪老家！』
夏凪頓時發出走調的聲音。
老吸血鬼的事件之後，我搭《黑衣人》的車來到了莉露家。其實我原本打算找飯店住的，可是卻收到莉露寄來一封「既然都到這裡了就來莉露家吧」的郵件，因而發展至此。我想說他們家人之間應該有很多話要講，本來還擔心會打擾到他們，但實際上……

「是呀，家父家母和莉露跟君彥剛才同桌共餐，他已經徹底融入莉露家了。」

『為什麼！就算是情侶也很難跨越的障礙，為什麼一下子就跨越過去了！』

「尤其家父好像特別中意君彥，等會還要跟他一起洗澡呢。」

『那根本是對待女婿的距離感了吧！為什麼會被中意到那種程度啦！』

這個我也不知道。莉露的父母絕不算是那種開朗活潑的類型，而且剛開始也確實對於我的存在感到很困惑。然而對方最終似乎將我認知為把睽違五年的女兒帶回家的存在，結果莫名其妙就打成一片了。

「就是這樣。所以妳的前男友要再借給莉露一段時間囉。」

『呃、等……』

不等夏露回應，莉露半途就掛斷了電話。這明明是我的手機啊。

「要跟妳老爹一起洗澡再怎麼說都太尷尬了吧？」

「開玩笑的啦。莉露只是稍微捉弄她一下而已。」

那就好。我差點要開始絞盡腦汁想些閒聊話題了。

「不過莉露的父母很中意你是真的喔。」

「但願如此。不過我會不會妨礙到你們家人團聚啊？」

「莉露反而很高興你來呢。畢竟那時候氣氛有點尷尬。」

當我來到這裡的時候，他們似乎已經把重要的事情都談完了。

「各種事情有順利跟妳父母講過嗎？」

「關於腳的事情，莉露事前就告訴過他們了。至於這五年來，莉露就說自己田徑比賽的成績不如理想，退學後一直在外面工作。他們聽完之後沒有生氣也沒哭，不過還是對莉露感到很無奈傻眼的樣子。」

莉露以前說過父母不太會關心她的事情。然而再怎麼說，長期無法聯絡到女兒似乎還是讓他們跑去報警的樣子。雖然說去拜託公家機關幫忙尋人，反而只會更加難以找到身為《調律者》的莉露就是了。

「不過只靠這麼短的時間，果然還是沒辦法一口氣解決所有問題。莉露接下來還必須繼續跟他們多談談才行。」

「這樣說……也對啦。」

整整五年，想要填補中間的空白也未免太過漫長。然而只要雙方都抱有願意填補空白的意志，彼此互相靠近，想必總有一天也是能夠跨越間隙。

「所以說，莉露雖然沒有打算從正義使者的工作退休，不過現在希望能繼續留在這個家一段時間。」

她說著，淡淡露出微笑。

我並沒有立場對她這項決定多說什麼。更何況，曾經一度失去所有的莉露能夠像這樣嘗試找出另一條新的路，對於雖然只有短暫一段時期但曾經身為她搭檔的我來說，也是很高興且引以為傲的事情。

「雖然說，假如上頭那群人想要開除莉露，莉露也只能認命接受就是了。」

「《調律者》有時候會連同職位一起被汰換掉是吧？」

例如《陰陽師》，還有因為殉職而讓職位本身被凍結的《執行人》。同樣地，《魔法少女》或許有一天也會被新的職位所取代。考慮到傷勢的嚴重程度，今後想必無法再期待莉露發揮如同以往的表現吧。即便如此，她的《調律者》身分到現在還沒被解除，難道背後有什麼理由嗎？

以前政府高官艾絲朵爾告訴過我一項內幕，說夏凪渚之所以會被指名為《名偵探》的理由之一，是因為她能夠控制住《特異點》。那麼這次他們對莉洛蒂德也是採取了類似的措施——這會是我想太多嗎？

「不過，只要最起碼有一個人記住莉露的事情，那就足夠了。」

抬起頭的莉露臉上帶著彷彿即便如此也感到滿足的表情。

她所說的那一個人是指我嗎？假若如此……

「不只是我一個人。夏凪也是，風靡小姐也是，還有米亞也是。大家都會記得

妳的背影。」

我彎下膝蓋，配合莉露的視線高度。

我不會讓任何人遺忘。今後我會繼續把魔法少女的故事流傳下去。那想必就是身為使魔應盡的使命。

「吶，君彥。」

「嗯？」

「接下來肯定好一段時間都無法見面。所以莉露暫時給你最後一道命令。」

她低下頭，別開視線說道：

「一下下就好，摸摸莉露的頭。」

要我摸多久都可以——我如此回應，並且把手伸向了她的頭。

【16years ago Scarlet】

人會吃肉。

對於站在食物鏈上層的他們來說，這是非常自然的行為。

然而有些時候，他們並非基於攝取營養的觀點，而是為了滿足近似娛樂的慾望而食用牛、豬、鳥類、野鹿或山豬。

我想那或許是一種從容的象徵。認為自己絕對不會在地球上的生存競賽中落敗的絕對自信，因此才會把牛豬鳥鹿特別區分，品嘗之間的差異。還有魚類也是。

肉類與魚類。人類會把兩者視為彷彿兩極的東西，但那終究是站在把牠們當成食物看待的角度。其實魚類應該同樣是肉才對。生命死後全都會化為肉，化為肉塊。因此……

「對我來說，人類同樣也是肉。」

在倒塌的外牆邊用完餐，我擦拭著嘴角的血液，仰望烏雲密布的天空。

進入雨季後，太陽高掛的日子減少，這對於我還有住在鎮上的同族們來說是好事。傳說中吸血鬼只要被陽光照到，身體就會立刻被燒焦——雖然我們並沒有那麼誇張，但長期觀察下來，照到太陽似乎還是會折壽的樣子。

「但就算避開這些，壽命也只有三十年啊。」

既然這樣，索性自由地活在太陽底下應該也不會差多少吧。更何況對我們來說，能夠享盡天年活足三十歲的可能性也絕不算高。畢竟我們一族還得面對甚至連如此短暫的壽命也想奪走的天敵。

「你又偷溜到鎮外了對不對？」

踩踏砂礫的聲音傳來。接著有人從背後如此對我說話。

對於我違反規矩表示責備的語氣中，卻也莫名有種已經放棄的感覺。確實，我對她說的話乖乖遵守過的前例寥寥無幾。

「是珍妮啊。」

身穿麻布連身裙的少女在一旁的磚牆上坐下來。寬大的帽簷底下注視著我的表情，是一如既往的苦笑。

「剛才你吃的東西是從哪裡偷來的？」

「跟以前一樣，對面河岸的街上。擺在攤販上的東西。」

搞不清楚是牛、豬還是雞。總之應該不會是人肉才對。

「要是不守規矩過了頭，小心又被救世主大人罵喔。」

她口中的救世主大人，指的是我們這座小鎮的領導者。是個已經活了將近七十年的長老，對小鎮內部訂有獨自的規矩。住在這裡的人基本上不允許離開鎮上。

「又不是活得久就很偉大。我可不認為那傢伙訂下的規矩全都是正確的。」

「但是以我們的平均壽命來想，他毫無疑問是很特殊的個體吧？」

那傢伙確實是基於這樣的理論自詡為領導者，但實際上真的如此嗎？我可從來沒有在那老人家身上感受過什麼特殊的能力或資質。

「而且你想想，救世主大人還會關照我們這些失去父母的小孩。不可以忘恩負義喔——猶大。」

她用那個老人家給我取的名字如此稱呼我。老人家說住在這鎮上的大家都是一家人，而給了我這個名字。並且又自稱為救世主，定期會從鎮外帶糧食回來分發給我們。雖然分量絕不算足夠就是了。

「珍妮還真是乖巧懂事啊。」

我帶著諷刺的意思揚起嘴角，嘲笑她對救世主大人百依百順。

「怎麼？你想說我是個無聊的女人嗎？」

結果少女臉上明顯露出不高興的表情。

「我也只是在扮演乖小孩而已。」

她說著，指向瓦礫後面。有個大酒桶擺在那裡。

「哈！是救世主大人的葡萄酒嗎？明明責怪我去偷東西，自己還不是一樣？」

「不對，我是告訴你既然要偷就偷得精明點。」

因為你總是會被抓到呀——少女用這樣出乎預料的論點斥責我。

「懂得怎麼騙人才是巧妙活下去的訣竅喔。」

「我看救世主大人肯定會大受打擊吧。那傢伙不是很疼妳嗎？」

「是呀，嘴上說什麼我們大家都是一家人，上次卻又摸了人家的屁股。」

「真虧妳能忍下來。」

「我趁他睡覺的時候有偷偷折斷他小腳趾就是了。」

「怪不得那老人家有一段時期拄拐杖。」

我是不曉得那傢伙究竟靠什麼祕術能夠那麼長壽，但他的瞬間再生能力甚至連我都不如。真可悲的救世主大人，鐵定萬萬沒想到犯人竟是自己疼愛有加的少女。

「不知該說堅強，還是說不好惹。妳真的跟別人不太一樣。」

「但你不覺得，我們就是只能夠這麼活嗎？」

珍妮哼著歌，靈巧地跳上倒塌的外牆。

「我們生而是吸血鬼。所以不能用人類的方式生活，應該要活得有鬼的樣子。」

活得有鬼的樣子——那是指什麼樣子？

低調活在陰影中？還是欺瞞著他人頑強過活？

我們的壽命只剩一半了。今後要怎麼活，又要怎麼死？

「不管怎麼說，這世界都不會認同我們吸血鬼的價值。」

證據就是這世界上存在有我們的天敵。那傢伙據說背負著要將全世界的吸血鬼都殲滅的使命。似乎有個特別的職位名稱，但詳細如何我也不清楚。只記得以前聽說過，背負那個使命的人好像被稱為正義使者。

換言之，吸血鬼站在被那所謂正義討伐的立場——也就是邪惡。我們從生到地球上的那一瞬間開始，就是這世界的敵人了。

「但也不一定世界上所有人都是我們的敵人。」

珍妮從外牆上跳下來，靈活落地。

「猶大也是因為這麼覺得，所以今天才又跑到這裡來的，對不對？」

她注視的前方，牆上畫有一幅壁畫。那或許應該叫街頭藝術吧，是無名畫家遊歷世界各地的城鎮村落留下的畫作。而我們眼前這幅畫中畫有一名為和平獻上祈禱的少女。

「才不，畫這東西的傢伙也是個偽善者。」

我如此表示唾棄。

藝術、文學或音樂無法停息戰爭。假如靠那種東西就能消解貧困、去除歧視，讓生物間不再爭鬥，理應從千年之前世界就該和平了。

「所以我是來嘲笑它的。」

嘲笑那些沉浸於自我滿足之中的藝術家。嘲笑自以為靠這種東西就能祈禱世界和平的偽善者。

「猶大個性真彆扭呢。」

「世上哪裡有個性老實的鬼？」

我們互看一眼，輕笑出來。

「妳不覺得嗎？這幅畫根本是偽善。」

「這不是善或惡的問題。這幅畫是一種心願呀。」

我頓時皺起眉頭，於是少女繼續說道：

「無論藝術、文學或音樂都是一種心願，而心願可以化為意志。當意志凝聚起來，就會改變團體的行動。最終團體的行動將會決定世界的方向。」

所以許願並非徒勞呀——珍妮如此表示。

「紙上談兵。」

「自古以來，現實都是從想像中誕生的呀。」

她和我只差一歲。

然而卻宛如在教育、指引我似地露出微笑。

「長大成人後不可以還那麼彆扭喔，猶大。」

「等到那個年紀也差不多快壽終正寢了吧，珍妮。」

聽到我這麼說，少女的微笑變得莫名流露出寂寞的感覺。

「不過呀，嗯，我果然還是有點羨慕人類呢。」

我對這句話想要回應些什麼，卻講不出一句像樣的話。

仔細想想，我至今從沒講過任何一句話能夠讓她真心接受的。平常當作消遣閱讀的那些文學作品，果然一點用都沒有。

「猶大真溫柔呢。」

我回神發現，珍妮正看著我微笑。

「你為了我在思考該說些什麼。」

「少胡扯。」

「我看臉就知道啦。你以為我們一起生活了多少年呀？」

珍妮笑了。

那麼反過來想，我對她的事情又能理解到什麼程度？我真的有理解她嗎——為什麼會想要理解她？

生而非人的我，永遠不會知道那個答案。

【第二章】

◆超級可愛偶像的苦惱

「嗯，這個好好吃喔～！」

在東京都內一間稍微有點高檔的餐廳，夏凪滿臉幸福地吃著烤鴨。

回想起來，希耶絲塔也是個不管吃什麼都能吃得好像很美味的人。不過夏凪又比她更勝一籌，擅於用自己的表情、動作與聲音表現出美味與感動。看著她吃飯真的一點也不無聊。

「妳去印度果然有吃到咖哩嗎？」

「雖然跟我們這邊印象中的咖哩有些不一樣就是了。不過很好吃喔！很有在地味道的感覺。」

夏凪從印度回國，我也跟莉露在北歐解散後過了兩天。我們為了聊聊旅途趣事並商討今後計畫，而來到這間餐廳見面。

「君塚雖然對吃沒什麼興趣，但也不會挑食呢。」

「畢竟我以前常去國外。只要是某種程度以上的東西我都可以吃得很好。」

雖然通常來講，出國的時候甚至連在當地怎麼喝水都必須小心注意，但我由於身體已經莫名鍛鍊出某種抗性，因此每次都不需要擔心吃食問題。

「像這次的旅途雖然忙碌，但也享用到了美味的餐食。」

「哦？例如莉露老家的飯菜？」

「她家的鮭魚湯簡直是極品。」

聽到我這麼回答，夏凪忽然半瞇著眼睛瞪過來。看來我失言了。

「比起那種事，現在專心享受這邊吧。」

我轉移注意力似地把視線望向稍遠處。那裡擺有一臺鋼琴，從剛才就有一名女性用柔和的嗓音自彈自唱著。然後……

「瑪莉小姐的歌聲還是這麼美妙呢。」

夏凪深受感動般讚嘆。身穿華美衣裝坐在鋼琴前的那位女性，正是我們的委託人瑪莉。被謠傳為都市傳說的那段日子已不復存在，如今餐廳內用餐的眾多客人都被她的歌喉深深吸引。

不久後，曲目結束，瑪莉起身向大家行禮。溫馨的掌聲頓時響起，瑪莉露出哪裡是魔女、根本有如聖女般的微笑接受著眾人讚賞。然而我和夏凪知道，這場活動的重頭戲現在才要開始。

「各位晚安。不好意思打擾各位用餐了。我是齋川唯！」

突然登場的偶像讓餐廳裡的客人紛紛瞪大了眼睛。

不過瑪莉則是上前迎接齋川，兩人並肩站在一起。這不是什麼電視節目的特別企劃，單純只是所謂的意外嘉賓。

「其實是我受到這位瑪莉小姐的邀請，想要在此獻唱一曲！啊，小費我等會再到各桌去收喔！」

小小幽默一段後，齋川重新握好麥克風。

接著兩人用眼神示意，瑪莉再度坐回鋼琴前。看來優雅的用餐時間還會再持續一陣子了。

「那麼，乾杯！」

在夏凪帶頭下，四只玻璃杯輕敲出聲響。齋川與瑪莉剛才那場迷你演奏會結束後，我們四個人移動到包廂重新聚在桌邊了。

「今天謝謝各位來捧場喔！」

瑪莉帶著無比幸福的表情把杯中的液體一飲而盡，又露出笑臉對我們如此道謝。

「那是不用客氣啦，不過葡萄酒是那種一口氣灌完的東西嗎？」

由於她的動作實在太過自然，害我吐槽得晚了。然而心情絕佳的瑪莉卻又抓起整瓶叫來的葡萄酒，咕嘟咕嘟倒入才剛喝光的杯子。

「沒關係，這是身為大人的特權呀。你要不要也喝一杯？」

瑪莉面帶微笑地對我勸酒。這種壞壞的成熟女性感覺還不差。

「啊～！那邊！禁止胡鬧過頭！」

化為風紀股長的夏凪「咻」一地移走我的杯子。其實我也沒有真的要喝的意思啊？

「哦～原來你們之間是那種關係呀。」

「什、什麼關係啦？」

被瑪莉纏上的夏凪頓時變得舉止可疑起來。

「人家是誤會我跟妳之間有什麼男女關係吧。」

「這、這個我知道啦！為什麼君塚可以講得那樣若無其事！通常應該會怕尷尬而刻意含糊其辭才對吧！」

原來如此，讓我上了一堂人際溝通課。

「瑪莉小姐，這兩人在各自不同的角度上戀愛成績很差，所以請妳少跟他們提起那類的話題吧。」

總覺得齋川好像用很悲哀的內容在幫我們講話的樣子，但因為夏凪不斷對著我嘮嘮叨叨訓話，害我沒有聽得很清楚。

「小唯，剛才謝謝妳喔。跟妳合唱真的很開心！」

「我也學到了好多東西呢！瑪莉小姐的歌聲果然很動人！」

齋川興奮得眼神發亮。上一回初次見面的時候她也對瑪莉的歌聲感動到表示希望請益，但沒想到原來崇拜到這個程度。然後瑪莉似乎也很尊敬齋川的樣子。

「差不多讓我們進入正題吧。」

我這麼一說，瑪莉便恢復認真的表情點點頭。

今天聚會的主要目的，在於尋找她的故鄉做調查報告。有中段成果的我，將目前已知的情報分享給瑪莉知道。

首先關於瑪莉推測應該是自己故鄉的那座畫中聚落——我告訴她在北歐某處鄉下地方似乎曾經真的存在過類似的場所。另外也一併補充說明那個村落在大約半年前不知被何人燒毀，村民全數罹難的事情。

只是我沒有告訴她那個犯人有可能是一名吸血鬼。雖然聽說瑪莉對於檯面下的世界好像多少有些理解，但我認為貿然把所有事情都告訴她恐怕風險過高。

因此我僅說接下來首先會調查看看半年前發生的那起事件，並且向瑪莉約定會繼續尋找世界上是否存在其他跟那幅畫類似的聚落。

「謝謝，我再次感謝你們。」

瑪莉對坐在她正前方的我們低下頭。

「藉由知道自己的過去，多多少少找回自己的記憶，我的歌肯定也會改變色彩。相信可以唱得比現在更好。」

這樣想會不會太單純了呢——她雖然如此笑道，但表情卻很認真。

「好厲害，好厲害呀……」

齋川則是莫名有點呆滯地這麼呢喃。

「我也好想知道。能夠把聽眾的心緊緊抓住，而且讓人一點也不想被放開的那種歌聲究竟要怎麼唱出來。」

「現在的齋川身為一名偶像，已經表現得非常厲害了吧？」

有什麼事情需要讓她這麼苦惱嗎？她在工作上應該也發展得相當順利才對。

「是呀，我確實是個自認也公認最強最可愛的偶像沒錯……」

「我看妳根本很有精神吧？」

「不過，光這樣是不行的。」

結果齋川說著「請看這個」並拿出一張傳單給我們看。

傳單上是關於一齣音樂劇的宣傳廣告。劇本與導演的欄位都記載著連我也聽過的知名人物，但更重要的是演員名單，不，尤其主演是——

「好厲害，是小唯呀。」

夏凪驚訝地睜大眼睛。

我稍微瞄了一下劇情大綱，齋川扮演的角色似乎是一名對歌手懷抱憧憬的修女。

「其實我們從很早之前就已經開始在排練了……可是我完全不行。」

齋川臉上浮現傷腦筋的笑臉。

「關於演技方面，我本來就知道自己比不上專業的演員們，劇組人員們想必也沒對我抱那麼多期待。可是居然連歌都不行。我做為一名偶像的歌喉，在音樂劇的世界完全無法通用。」

「那是專業性的差異呢。像發聲技巧或呼吸訣竅等等東西，越是長年養成某種習慣，或許反而會越難學習新的歌唱方式。」

瑪莉如此分析齋川苦惱的問題。

「是的，大家的意見感覺也是一樣。」

齋川把手機拿給我們看。畫面上顯示著關於齋川將要領銜主演音樂劇的網路報導以及底下的留言。內容充斥著懷疑只是一名偶像的齋川是否真有能力演好音樂劇等等的嚴厲意見。

「這類的內容妳別太認真啦。」

「謝謝你，君塚先生。但遺憾的是，這次大家說得沒錯。」

齋川的表情並沒有黯淡沮喪的感覺。想必她本身比任何人都清楚自己能力不足，而正在摸索尋求正確方向的途中吧。

「我接下來也有專為音樂劇的歌唱練習安排，期間另外有一項連續六個月發行新歌的企劃同步進行，感覺之後會相當忙碌呢。再說，春假過後高中也要開學了。」

如同我和夏凪要升大學一樣，齋川也準備在今年春天從中學晉級到高中。與席德的戰鬥結束之後總算能專心於偶像事業的她，如今似乎又面臨了新的課題。或許工作太過充實也未必是好事。

「可是我全部都想要做到好，想要完美達成別人對我的期待。我想要**徹底扮演好一名理想的偶像**。今後我還想繼續懷抱著美妙的夢想。」

不好意思，一直在講我的事情——齋川靦腆地如此表示，但依然繼續說道：

「這次的音樂劇以及新歌連續發行。假如能夠順利達成這兩項重大的工作，我相信一定能讓自己衝上更高、更高的境界。」

所以說——齋川對著瑪莉低下頭。

「請讓我再次拜託妳。可以請妳教我唱歌嗎？」

她深信著，瑪莉宛如聖女的歌聲正是讓現在的自己成長的必須要素。

「我明白了。」

經過幾秒鐘的寂靜後，瑪莉點點頭。

「畢竟我也跟妳一樣，深信音樂的力量呀。」

看著那兩人握起手的景象，我和夏凪也相望點頭。

某人伸出的手，可以像這樣牽起另一個人的手。

無論什麼時代，偵探肯定都是以此為目標的。

◆世上最強的同盟

後來餐會結束後，大夥解散。瑪莉搭上計程車離開，我和夏凪則是走向最靠近的車站。然而……

「齋川，為何連妳也跟來了？」

「哎～呦，你就那麼想要排擠人家嗎？想要跟渚小姐在夜路上打情罵俏嗎？」

前往車站的途中，齋川插入我和夏凪之間。

「不要唐突給我扮演起麻煩的學妹角色。話說妳何不叫輛車來？偶像跑去跟人搭電車應該不妙吧？」

「啊！旁邊有公園呢！我們進去玩一下吧。」

齋川一溜煙奔了過去，簡直沒在聽我講話。

「她看起來沒有想像中的沮喪。」

「是呀，雖然我覺得小唯其實可以稍微再把內心的虛弱吐露出來的說。」

我和夏凪互望一眼，跟在齋川後面進入公園。

「盪鞦韆這種東西，好久沒玩了。」

看到齋川開心盪著鞦韆，我也坐到她旁邊的鞦韆上，往地面輕輕一蹬。泥土的氣味與鐵鏽，彷彿喚醒了每個人記憶中的童心。

「我幫你推吧。」

夏凪從我背後用手掌輕輕推我。

真沒想到都高中畢業之後居然還會到公園來玩啊。

「剛才真是對不起。」

過了一會後，齋川微微搖盪著鞦韆開口說道。

「我自顧自地一直在講自己的事情。明明今天聚會應該是為了討論瑪莉小姐的委託。」

「妳在講那件事啊。那就別在意了。」

我感受著夜風，讓身體隨著鞦韆大幅擺動。

「反正那項委託已經得出『繼續調查』的結論了，而且對我來說齋川同樣是委託人啊。」

自從去年她來拜託我和夏凪的那天以來，一直都是如此。

「所以今後妳也不用客氣，隨時來找偵探和助手商量問題吧。至於委託費嘛……嗯，只要有妳那無價的笑容就足夠了。」

「君塚先生……」

齋川蕩漾的眼神望著我。

不對，在搖盪的應該是我。

由於盪著鞦韆的關係，從剛才齋川就在我的視野中大幅擺盪。

「君塚先生～你還好嗎！總覺得你好像快飛出去了！」

「夏凪，妳推過頭啦！」

我等待幾乎快要旋轉一圈的鞦韆緩緩停止後，輕輕嘔了一下。壓抑著想吐的感覺抬頭一看，夏凪本人倒是已經跑去跟齋川愉快聊天。

「……太不講理了。」

正當我如此哀嘆的時候，手機忽然發出鈴聲。來電者顯示為加瀨風靡。我頓時覺得自己好像每個禮拜都至少會通一次電話的樣子，並接起通話。

『我打來的電話響一聲就該接了。』

「妳當自己是什麼管很嚴的女朋友啊……有什麼事？」

『其實最近正在發生奇妙的事件。我為了保險起見想說告知你一下。』

風靡小姐在電話另一頭慵懶地嘆氣。

『最近在附近一帶經常會發現身分不明的遺體——到這邊雖然還算正常啦。』

「經常發現身分不明的遺體居然還叫正常，這世間也太恐怖了。」

『問題在於，據說那些受害者全都像是乾癟的木乃伊一樣。』

冷不防的這句話讓我不禁停頓一瞬間後，總算把狀況接起來了。也就是不久前米亞告訴我的預言，說我即將會跟什麼《不死之身的木乃伊》扯上關係的樣子。

『每一具遺體都有多處損傷，而且還留下明顯被什麼存在吸乾全身血液的痕跡。』

「那可真恐怖。凶手究竟是什麼怪物啊？」

『我現在傳樣本照片給你。』

「不，不用麻煩了。」

風靡小姐頓時感到奇怪地問我一句：『怎麼啦？』

「反正木乃伊現在剛好就到我附近了。」

我暫時掛斷電話。**遠處有個影子在動**。

輪廓呈現人的形狀，但明顯不是正常人類的影子。

「君塚，那是……」

夏凪也注意到那影子而盯著大約十公尺前方。**在那裡有個甩盪著一頭白色長髮，全身用奇妙動作扭來扭去的乾瘦木乃伊**。

「拜託別再讓我碰上恐怖片情節啦。」

魔法少女已經不在我身邊了說。

而且現在也沒武器，我只能伸出手臂擋在夏凪面前並保持警戒。

「可是那個，是人類呀。」

隨著如此說話的聲音，黑暗中浮現一道藍光。是齋川摘下了左眼的眼罩。

她那藍色的眼眸能夠看穿敵人的真面目。雖然由於以前被席德回收了《種》，讓她沒辦法發揮如同全盛期那麼厲害的能力，不過現在依然保有來自《原初之種》的力量。

「是啊，看來他是死過一次之後，成為木乃伊又重新活過來的樣子。」

木乃伊扭動著身體，緩緩朝我們接近。接著擺出彷彿把細瘦的手伸向我們的動作。那究竟是想要攻擊我們，還是在向我們求救？我無法立刻判斷。

「哈！可悲的傀儡人偶。」

低沉的聲音傳來。

霎時，木乃伊的上半身被切成兩半，轉眼間如灰燼般消散了。

「又是你啊，史卡雷特。」

這是來自吸血鬼之王的肅清行動。一瞬間就結束工作的史卡雷特不知不覺間豎立著一邊的腳坐在溜滑梯上。

「啊，是吸血鬼先生。」

齋川眨眨眼睛，走近史卡雷特。

這兩人之間是睽違半年以上的重逢。不過他們之間的關係應該沒有特別親近才對。

「久違了，丫頭。妳一點都沒變啊。」

「我有變得比那時候更可愛了！」

「果然沒變。」

史卡雷特一臉認真地點了幾下頭。即便這世界無奇不有，能看到偶像與吸血鬼互動的地方大概也只有這裡吧。

「史卡雷特，剛才那個到底是什麼？」

「雖然很想跟你講是《不死之身的木乃伊》，但在我看來，那玩意充其量只是劣質的失敗作。」

他還是老樣子主張著自己的優越性，並無聲無息地降落到地上。

「那是之前我講過的敵對吸血鬼搞出來的花樣。但那傢伙的屍體再生能力沒有我強，把人殺死後頂多只能造出那種程度的假貨而已。」

「……你所說的敵對吸血鬼，在世界上到底有幾個？」

除了幾天前我在北歐遇上的那位老吸血鬼之外，難道還有其他敵人嗎？

不，肯定就是因為還有，才會出現像剛才那樣的木乃伊。假若如此……

「那些敵對吸血鬼的目的究竟是什麼？」

「這種程度的事情好歹也推理一下吧。」

你們不是偵探與助手嗎？——史卡雷特如此嘲笑。

「……至少可以確定，你與上次那位老吸血鬼的對立是起因於那傢伙為了延長壽命而試圖吃食人類的血肉。也就是說，難道那些敵對吸血鬼都企圖要把人類當成自己的糧食？這就是所謂《吸血鬼的叛亂》嗎？」

若真是這樣，以動機來說跟上次的《原初之種（席德）》有點類似。那群吸血鬼也是為了生存本能，企圖大幅破壞目前的食物鏈平衡。

「所以你才會身為吸血鬼背負起獵殺同族的任務嗎？為了打倒危害人類的敵人？」

聽到夏凪這麼詢問，史卡雷特瞇起眼睛。似乎是表示無言的肯定。

「這國家現在也正遭到敵人逼近。雖然以前我灑過自己的血，但那傢伙似乎一點也不怕，打算來這裡大亂一場的樣子。」

他在講上上禮拜那場直升機之旅。也就是說到頭來，史卡雷特當時的威嚇行為並沒有嚇到這次的對手。可見對方應該是個相當強的敵人。

「對於那個敵對吸血鬼的情報，你有掌握到什麼程度？」

夏凪往前踏出一步，如此詢問史卡雷特。

問他是否知道此刻準備來襲日本的敵對吸血鬼的真面目。

「──伊莉莎白。」

史卡雷特仰望著夜空中的月亮，道出這個名字。

「假如說我是吸血鬼之王，那女人就應該被稱為吸血鬼女王。」

「你們從以前就認識？」

從他的語氣聽起來有這樣的感覺。

「昔日的她還懷抱有正義之心。清高而精悍，對身為吸血鬼的自己抱持榮譽心。然而隨著天命將近，那傢伙變了。一個接一個地襲擊人類，逾越最基本的捕食範疇，不知不覺間手段與目的顛倒，開始為了享樂而殺人。」

「……到處殺人，然後把遺體變成木乃伊嗎？」

夏凪表情僵硬，緊緊抱住自己的身體。

「吞食可恨的人類血肉，轉化為自身的壽命，將剩下的屍骸變成眷屬（木乃伊）操控玩弄。《死靈術師》伊莉莎白──這就是現在我最該殺死的敵人之名。」

「難道說，把莉洛蒂德家鄉附近的村落燒掉的也是那個伊莉莎白？」

而那位老吸血鬼只是到那裡撿現成遺體吃罷了？

「是啊，無法否定那樣的可能性。」

聽到這邊我總算懂了。為什麼史卡雷特要向我們公開如此詳盡的情報？因為他終究想要對我們主張，阻止伊莉莎白是屬於自己的使命，不准我們介入他的工作。

「可是阻止那位叫伊莉莎白的吸血鬼，應該是《名偵探》的工作吧？」

夏凪忽然如此插嘴主張。當然，她臉上的表情實在稱不上自信滿滿。然而這份《聯邦政府》透過米亞交給她的工作，她並不打算輕易半途而廢。

「人類，這跟之前講好的不一樣啊。」

史卡雷特朝我瞪過來。他大概在責怪我沒有成功說服夏凪吧。畢竟這就是上次那趟直升機之旅的目的。

「因為現在狀況有點改變啦。我們最近接到的一項委託有牽扯到吸血鬼的存在。之前那個老吸血鬼的事情也是一樣。搞不好今後我們就算不願意，也會跟吸血鬼扯上關係。」

當然，上次的狀況或許只是兩樁事件恰巧兜在一起罷了。然而我們可以武斷認定那是單純的偶然嗎？還是我的體質所導致？又甚至可能存在其他理由嗎……不管怎麼說，我認為現在下判斷還嫌過早。

「麻煩的人類。」

我們就這樣與史卡雷特冰冷互瞪好一段時間，結果最後打破沉默的，是從剛才就一直默默聽著對話的偶像少女。

「有啦！那就乾脆組成同盟吧！」

站在溜滑梯上面的她倏地滑下來後，宛如體操選手般著地。

「妳說同盟，意思是《名偵探》和《吸血鬼》之間？」

「沒錯！畢竟要對付的敵人是兩邊共通的對不對？既然如此，不是就應該互相合作嗎？」

我們以前也是這樣吧——齋川如此微笑表示。

「這樣說來，好像有那麼一回事。」

我和夏凪會與齋川交好的經過正是如此。當時齋川的左眼被《SPES》盯上，於是她和同樣與那些敵人有恩怨的我跟夏凪聯手合作了。而那樣的同盟關係如今變化為夥伴，成了恆久不斷的緣分。

「史卡雷特先生也可以接受吧？」

齋川快步跑過去，「可以吧？可以吧？」地從下方用碧藍的眼睛仰望吸血鬼的臉。

「只要跟這丫頭扯上關係，每次都會變成這樣。」

史卡雷特難得露出無奈放棄似的表情，折響頸骨。

如今回想起來，當初史卡雷特跟蝙蝠以及化為《不死者》的變色龍一起現身，並且向齋川提議要讓她父母復活的時候也是一樣，到最後感覺好像被齋川的純真個性給感化了。

「——不。假如把這也想成是《特異點》的引導，或許……」

史卡雷特瞥了我一眼後，看向夏凪。

這也就是說——

「妳可別扯後腿啊，人類。」

「那、那當然！」

銳利的視線互相碰撞，緊接著兩人都淺淺一笑。

如此這般，《名偵探》與《吸血鬼》暫時成立了同盟關係。

◆其心所求

後來過了幾天，期間都沒有特別發生過什麼事。史卡雷特所說的《死靈術師》伊莉莎白及其眷屬沒有出現在我們周圍，而我們的春假時間都耗費在調查瑪莉的委託，結果不知不覺間已經來到了大學的入學日。

——四月一日。在這個容許耍人的日子，我頂著簡直像在耍人般完全與自己不合的打扮（主要是夏凪強硬給我整的髮型所害）出席了入學典禮。我以前真的萬萬沒想到，自己竟然會上大學啊。

短短兩年前，我被希耶絲塔帶到世界各地流浪旅遊的日子突然落幕，結果我進入高中就讀，如今又成為一名大學生，這感覺實在不可思議。不曉得一直躺在床上睡覺的那傢伙對於我現在的境遇會做何感想？就算只是短短一句話也好，真想聽聽看她怎麼說。

『這些都要歸功於她呀。』

入學典禮結束後，夏凪面帶微笑地如此表示。

然而她眼眶滲出的淚光更是令人印象深刻，因此我也只能回她一句『說得對』了。

經過那樣的大學首日，今天是四月二日。這天有各學系的說明會以及必修科目登記等等，而我辦完這些事後，在校區角落等待著夏凪。

即便隸屬同一個學系，根據姓名排序所分配到的班級也各自不同。雖然大學要選修什麼課程是自己決定，因此聽說所謂的分班到頭來也幾乎沒有意義就是了。

「話說，可真嘈雜啊。」

我望著校園內的景象，不禁嘆息。眼前到處可見學長姊們在招募新生加入社團。有人手舉看板，有人抓著擴音器，對講堂走出來的一年級生們配發傳單。簡直就像在舉辦什麼校慶一樣。

——這時，我在人潮中一瞬間看到了夏凪的臉。她似乎被一群高級生圍繞著，面帶苦笑，手中抱著一大堆傳單。唉，真沒辦法。於是我穿入那個包圍陣中。

「抱歉，這是我的同行人。」

我拉著一臉驚訝的夏凪鑽出人群，進入校舍。

「你不講『這是我女人』呀？」

稍微平靜下來後，夏凪這麼調侃我。

「那些人又不是在搭訕妳。」

「啊哈哈。不過大學生真的好熱情呢，你看我收到了這麼多傳單。」

「畢竟是絕佳的招生機會。妳會去參加社團迎新之類的嗎？」

「至少今天不會。畢竟今天可是那孩子的生日。」

夏凪露出微笑。看來今晚我們兩人都要去一如往常的那間醫院了。

「不過在那之前，妳要先來這裡一趟對吧？」

我推開大講堂的門。目測約能容納四百人的教室中早已座無虛席，甚至可以看到許多學生站著聽講。大家的視線都集中在講臺上的一個點。

心理學院心理學系的教授，我記得好像叫守屋。

年約三十多歲還不到四十，不過身穿白衣非常有學者的模樣，正在對學生們講課。寫在黑板上的課堂主題是——淺談人的意識。我和夏凪也混在站立聽講的學生之中，觀望授課。

「不愧是人氣講師，連試聽課程都有這麼多人。」

「是呀，聽說選課抽籤被抽中的機率真的很低喔。」

大學的課堂無論什麼課都有選課人數的上限。也就是說，能否上到自己想上的課程還要看抽籤結果決定。然而據說像這樣預先出席試聽課程的話，選課抽籤被抽中的機率就會提升的樣子。

「對不起喔，還讓你陪我一起來。」

「不，其實我也有點興趣，想看看**會使用催眠術的大學教授**究竟是什麼樣子。」

我是幾天前才聽夏凪說，最近有個成為媒體寵兒的催眠師，而且那人物竟然剛好是在我們就讀的大學任教的年輕教授。雖然我對於身為學生的日常活動在某種程度上抱著能溜則溜的打算，不過這次實在讓我感到有點興趣。

「君塚相信真的有催眠術嗎？」

「對於催眠術本身的存在我無法否定。姑且不論這個人是否真的會用催眠術啦。」

其實像夏凪的《言靈》能力應該也類似一種催眠術吧。催眠、洗腦、支配——

至少我們必須承認世界上確實存在諸如此類的特殊能力。

「好像準備要實際示範了。」

守屋教授把一名女學生叫到臺上。接下來要開始的是催眠術的示範展演，是這堂課的重頭戲。

「來，仔細看著我的眼睛。」

容貌莫名清秀的守屋教授低沉卻又柔甜的聲音在講堂中傳開。

「把身體放輕鬆。對，接下來全部交給我。」

教授的手指輕輕觸碰女學生的額頭，結果就在下個瞬間，女學生有如虛脫無力般當場癱了下去。學生們紛紛騷動起來，講堂中充滿好奇與困惑的聲音。

後來完全就是教授的個人秀了。舉例來說，他對睜開眼睛後的女學生說出「妳從現在站立的地方一步也不能動」的指示後，女學生就宛如雙腳釘在地上似地無法動彈。下達「妳接著會笑出來」的指示後，女學生便持續笑到眼眶都擠出淚水。

「君塚，你怎麼看？」

「還不能否定他們事先套好招的可能性啊。」

結果彷彿要推翻我們的猜疑般，守屋教授又指名另一位男學生上臺，跟剛才一樣施予催眠後，這次做出「喝醋會感覺像喝水一樣」的指示，並且拿新開封的醋給男學生喝。本來那應該是普通人無法忍耐的行為……男學生卻一臉若無其事地把醋喝下去了。

「如各位所見。」

結束示範展演後，教授握著麥克風對學生們說道：

「人的意識與感官很容易產生變化，會由於我們其他人的話語、行為或刻意引導而像這樣輕易產生認知差異——怎樣？是不是很有趣呢？」

現場掌聲響起。老實說，這些都是電視上常見的表演內容。然而當著面前親眼見識果然還是會讓人感到興奮——至少對於現場除了我以外的人來說。

「這裡好像有同學還不太相信的樣子喔。」

視線忽然對上。守屋教授的眼睛明顯看著遠遠站在講堂後方的我。

「如何？機會難得，你要不要也體驗看看？」

意思是要我去體驗催眠嗎？但很抱歉，我不太喜歡站到人群前拋頭露面。

「太好了。那可以請你跟那位女朋友一起到臺上來嗎？」

「……嗯？」

不知不覺間，我竟舉起了右手。我霎時還以為自己已經被對方催眠，但其實是被夏凪抓著舉起來的。太不講理了。

「有什麼關係嘛，反正機會難得呀。」

「妳對催眠也太有興趣了吧？」

要是讓夏凪的性癖好再多加一條催眠的要素……未免也太恐怖了。

「那麼男朋友跟女朋友，哪邊要接受催眠呢？」

「如你所見，我們並不是什麼情侶就是了。」

在講臺上，夏凪看著不太開心的我而面露苦笑。

「不用擔心。人的心是善變的。」

結果守屋教授用他那對褐色的眼睛注視著我，如此表示。

「更何況，你實際上應該對她感到很親近才對。」

這句話毫不受到抵抗地入侵到我體內。

一剎那間，我感到想睡，接著下一句話又溶解滲透到我矇矓的意識中。

「只要我拍手之後，你那份感情就會一秒一秒地逐漸增大。」

隨著「啪」的拍手聲，我清醒過來。

……清醒過來？我應該沒有睡著才對啊。

「君塚？」

有人在叫我名字，於是我轉過去，看到是夏凪站在那裡。成為大學生的夏凪。

身材變得比剛認識時還要姣好，臉上的妝也成熟許多。

雖然個性依舊有點兇，但我完全不討厭。她願意叱責我反而應該證明她信任我。而且有時候她又會表現得嬌羞，那種反差的平衡感才是她……

「君塚，你還好嗎？怎麼臉好紅呀。」

夏凪對著我愣住歪頭。那抬起眼珠看過來的表情依舊如此充滿魅力，我忍不住被那對眼眸吸引，向她靠近。總覺得有點想要用手臂抱住她纖細的身體。

……我可以抱她嗎？可以吧。因為她是如此可愛啊。

「像這樣，即便是乍看之下冷淡木訥的青年，只要對潛在意識稍微輕輕推一把，就會毫不顧忌地在大庭廣眾下擁抱女朋友了。」

忽然有歡聲響起。

因此總算回過神的我，發現臉蛋紅得跟蘋果一樣的夏凪被抱在我懷中。

「……等一下我要加倍殺掉你。」

我感受到一股虛軟無力的抵抗，趕緊把手臂放開。

「……抱歉。我被操控了。」

不得已之下，我只好承認催眠的存在。這樣總比讓自己的丟臉想法曝光來得好。

守屋教授握著麥克風，用那看起來很受女生歡迎的臉露出微笑。

「假如有同學對今天這堂課產生了興趣，以後務必來參加我的講座好好學習。讓我們一同來實驗研究所謂人的意識與心靈吧。」

講堂中響起熱烈的掌聲。看來我們不知不覺間被拿來當成講座招生的廣告了。

夏凪「啊哈哈」地帶著苦笑走下講臺。

就在我準備跟在她後面的時候——守屋教授的細語聲傳入我耳中：

「你現在似乎正面對一項重大的問題，感到猶豫吧。」

我忍不住停下腳步。

「試著與自己的意識對話，你的內心現在究竟所求為何？」

被他這麼一問，我腦中浮現的是今天要過生日的那位白髮偵探。

為了讓那位睡美人醒過來，我今後必須做出什麼決斷？

史蒂芬提出的那個問題閃過我腦海。

『你們希望尋回的東西究竟是什麼？是名偵探的性命？還是與她之間的回憶？』

我想要拯救的對象到底真正是什麼？

事到如今，催眠師的一段話讓我重新有了自覺。

那就是答案終究只存在於我自己的意識之中。

◆木乃伊的呼喚

試聽課程結束並離開大學後，我和夏凪先到一家西點蛋糕店買了蛋糕再前往希耶絲塔沉睡的醫院。當然，就是為了慶祝她的生日。

然後加上諾契絲，大家一起吃蛋糕、憶往事、開心談笑……但我並不認為這樣的日常生活會永遠持續下去。在場也沒有人認為應該讓它持續下去。因為這絕不算是我們所期望的完美結局該有的樣子。

後來從醫院回家的路上與夏凪道別，剩下我一個人的時候，手機收到了一封郵件。寄件人是齋川。

『可以請你現在到我家來嗎？』

我莫名有種不好的預感而立刻攔下一臺計程車前往齋川家。過了大約三十分鐘抵達她家後，身穿便服的她招待我進入屋內。

「今天真的非常抱歉。明明是希耶絲塔小姐的生日，我卻工作忙得無法抽身。」

「哦哦，剛才夏露也為了同樣的事情跟我們聯絡過了。」

身為特務在世界各地活動的夏洛特．有坂．安德森，此刻想必也在我們不知道的地方日以繼夜為了大義而奮戰中。

「我也好想念夏露小姐呢。她離開日本之後都過了幾個月呀。」

「畢竟那就是她的人生。某種意義上來說，齋川也是一樣吧。」

夏洛特也好，齋川也好，她們都持續走在自己深信的路上。希耶絲塔肯定也會為此感到開心才對。

我們就這樣一邊交談一邊走在走廊上，最後我被帶到了起居室。

「話說，妳找我來有什麼事？」

聽到我如此詢問，齋川把一個大大的桐木箱放到餐桌上。

「今天，我家收到了這個東西。」

她說著並掀開木箱的蓋子——**箱子裡裝的竟是木乃伊的右手**。

「這是、什麼？」

老實說，我連把它從盒子裡拿出來都感到恐怖。那是只有手腕以下部分的乾枯手掌，和幾天前我們在夜晚的公園中見到那個《不死之身的木乃伊》的手很像。

「寄件人不清楚是誰。但收件人寫的是我的名字。」

「應該是吸血鬼搞的鬼吧。」

就現況來看，首先會想到的應該是伊莉莎白。但對方為何要以這樣的方式與齋川接觸？

「請問史卡雷特先生怎麼想呢？」

齋川忽然講出這樣預料之外的一句話，於是我趕緊轉頭看向周圍，結果……

「妳可真敏銳啊，藍寶石女孩。」

擺在房間角落一張看起來很高級的搖椅上，身穿白西裝的男子正端著葡萄酒杯。

那樣神出鬼沒的技術，想必是歸功於據說由《發明家》提供給他能夠讓自己身影消失的翅膀。

「但我的隱身術應該也沒遜到會被藍寶石之眼看穿的程度才對。」

「不，這跟藍寶石之眼沒有關係。我是冷靜下來靠內心之眼看見的。」

這就叫心眼～——齋川講出有如什麼武術師父一樣的話。

「話說史卡雷特，為何你會在這裡？」

「當初要我締結同盟的應該是你們吧？」

史卡雷特用看起來不太高興的表情看向我。那也就是說，在這件事情上他願意助我們一臂之力的樣子。

「那個木乃伊右手，無疑是《死靈術師》的傑作。不過藍寶石女孩，妳心中可有什麼頭緒？」

「……其實，有件事讓我有點在意。」

被史卡雷特詢問的齋川又恢復嚴肅的表情開口說道：

「之前有一次電視節目的企劃中，我見到一位自稱是我粉絲的女孩子。可是那女孩身患重疾，一直都臥病在床。那讓我不禁有點聯想到從前的自己，於是我送給了那女孩一枚指環。雖然沒有誇張到送真的寶石，不過那指環上鑲嵌有藍寶石顏色的石頭。」

齋川說著，視線落在木箱中的木乃伊右手上。

那個木乃伊手掌的無名指戴著一枚鑲有藍色石頭的指環。

「齋川，難道說，這木乃伊的手……」

「我不知道。指環搞不好只是看起來很像而已。」

「說到底，那女孩過世了嗎？」

「這點我也不清楚。現在正在嘗試與關係人取得聯絡。」

……原來如此。但不管怎麼說，至少可以確定是某個懷抱惡意的敵人試圖與齋川接觸。

「齋川，妳還好嗎？呃，我是說精神層面之類的。」

「沒事，我以前有跟那女孩約定好說：只要妳願意繼續支持我，我就會一直又唱又跳，永遠綻放光彩。比星辰、比太陽都耀眼的光彩，將妳的陰影一掃而空。」

所以我不會讓自己陰暗的——齋川終究帶著笑容如此回答。

「……這樣啊。史卡雷特，接下來要怎麼做？」

我這麼詢問同盟對象。雖然現在狀況還很模糊，但今後齋川也遭遇危險的可能性很高。那麼我們究竟該如何行動？

史卡雷特彷彿陷入沉思般注視著手中的酒杯。

「嗯？哦哦，沒事。我只是在想這葡萄酒是幾年產的。」

「把我等待的時間還來。」

我忍不住抱怨，但史卡雷特卻不理我，一臉滿足地喝著葡萄酒。雖然這麼形容可能造成誤會，不過他那張臉該怎麼說呢？簡直就像個普通的人類一樣。

「要不要我在這裡獻唱一曲呢？聽著音樂喝酒會格外美味喔？」

「齋川，那不是一個女高中生該講的話吧？」

我不禁苦笑，而史卡雷特則是「不，免了」地面不改色說道：

「我從很久以前就不聽音樂了。」

「……這樣呀。」

齋川有點被那態度嚇到而沒再講下去。

「也罷，總之明天你負責護衛藍寶石女孩。」

史卡雷特言歸正傳，對我如此下令。

「我嗎？先跟你講清楚，要是被捲入與吸血鬼的戰鬥之中，我可算不上戰力喔？」

「別把自己的無能講得那麼堂而皇之。你要不要臉？」

他責罵得義正辭嚴，讓我連抱怨一句「太不講理了」都沒辦法。

「抱歉，齋川，看來事情就這麼決定了。為了保護妳，今晚我會留下來過夜。或許床會變得有點窄，但妳就忍耐一下吧。」

「君塚先生，你有聽人家講話嗎？誰～都沒有要你做那種事喔？」

是喔？我還以為如果要二十四小時跟在身邊護衛，連睡覺的時候也只能睡在一起。但既然她說不行，我也沒轍。

「那就來個久違的計畫吧。」

我對疑惑歪頭的齋川提議：

「我來當偶像唯喵的製作人。」

◆偶像近身紀實二十四小時

隔天早上。明明是假日我卻來到街上，難得在一間時髦的咖啡廳享用著早餐。幾乎只用一杯咖啡的價格就能享受健康的早餐，真是美妙的一件事。

然而這並不是因為我新生活開幕，就像個大學生一樣對巡遊咖啡廳之類產生了興趣。我只是一小口一小口啜飲咖啡，等待著某人。

「猜猜我是誰～」

過了十五分鐘後，一雙小小的手掌從背後捂住我的眼睛。

「這氣味絕不會錯，是齋川。」

「……可以請你用聲音判斷嗎？」

身穿便服的齋川用有點傻眼的神情看著我，並坐到我對面的座位。

「採訪結束了？」

「是的，關於這次的音樂劇，我暢談了一番。」

剛剛還在店內深處座位的訪談記者似乎已經回去了。就是因為聽說齋川今天在這間咖啡廳有受訪行程，我才會一早也來這邊等她的。

「難得學校休假卻從早上就有工作要忙。妳可真辛苦。」

「是呀，今天幾乎從早到晚都塞滿了工作喔。」

她還是老樣子如此忙碌。不過這或許也證明了她現在有多麼受到世人關注吧。

「所以說，不好意思，今天要請你當人家一整天的製作人囉！」

「好，雖然我不知道自己能做什麼事啦。」

由於昨天發生過那件事，今天我決定陪齋川一起工作了。不過實際上我與其說是製作人還比較像經紀人，與其說護衛保鑣還比較像個聊天用的隨從就是了。

「話說渚小姐知道這件事嗎？」

「嗯，我有告訴她。然後她叫我要好好保護齋川。」

而夏凪應該會在這段期間去調查瑪莉的委託。

「也就是說，今天一整天我都可以獨占君塚先生的意思囉！」

齋川「嘿嘿嘿」地笑著對我比出ＹＡ的手勢。就算那只是她身為偶像的一種演出，也可愛到讓人覺得甘心被騙的程度。

「那我們走吧。」
我拿起結帳單，把另一邊的手伸向齋川。
「啊，要握手的話請先購買一張ＣＤ喔！」
「太不講理了……」
早上的受訪行程之後，我們接著前往的是廣播電臺。
齋川的工作是直播節目中短短五分鐘的小單元來賓。到了現場幾乎沒什麼時間確認腳本就直接上場，然而齋川依然落落大方地秀了一段趣事分享，也不忘宣傳這次的音樂劇及新歌發行。
「齋川啊，妳剛才說了一段自己做料理失敗的經驗逗人笑，但我記得妳應該很會做菜吧？」
「嗯，是沒錯啦。可是聊聊自己小失敗的經歷比較可以讓粉絲們覺得可愛不是嗎？讓人產生『我要觀望這女孩成長』的想法也是很重要的喔。」
「好強的自我品牌管理能力……不過也就是說，那並非撒謊而是一種演出的意思吧。」
「是呀，寫作『演出』，讀作『夢想』！」
談笑之中，我們又前往下個現場——電視臺。
工作內容是錄製音樂節目，於是齋川一下表演最新歌曲，一下與主持人或其他來賓們談話。短短三十分鐘的節目中，充分發揮了齋川的個人魅力。途中由於器材問題讓音樂停止的時候，她還用一句「要我清唱也沒問題呦！」緩和了現場的氣氛，真不愧是職業偶像。怪不得她會如此受到現場工作人員的喜愛。

過了中午，節目錄影結束後，我們在移動車輛上吃著午餐，前往錄音室。

今天要錄音的是六個月連續發行新歌企劃的第五波新曲。進入錄音間的齋川在工作人員指示下把歌分成好幾段，雖然被要求重唱好幾次，不過……

「我明白了！請讓我再來一次！」

在那過程中，她依然始終保持著笑容。聽說她目前正在接受瑪莉的歌唱指導，但願能夠發揮出效果。

錄音結束後，我們又坐進移動車輛。這次是在車上與粉絲互動的網路直播。她拿著手機一邊讀著觀眾留言一邊閒談。像我自己最近也因為這個直播活動獲得很大的幫助，而齋川對於這類的粉絲服務可說是不遺餘力。

「那麼下次再見囉。明天應該會在晚上九點左右開臺！」

三十分鐘後，齋川結束幾乎整場都在講話的直播，並收起手機。

結果她緊接著輕輕咳嗽了幾下。

「妳還好吧？來，喝水……還有喉糖。」

「謝謝，嘿嘿，我好像有點把喉嚨操過頭了。」

齋川露出像在掩飾害臊的笑容喝著水，把喉糖放進口中。

她從一大早就開始工作到現在已經傍晚，但今天的工作行程還沒結束。從晚上九點那麼晚的時間開始，似乎還要參加音樂劇的排練。

「畢竟世界博覽會的開幕典禮就快到了，我必須再加把勁呀。」

據說齋川這次要發行的新曲獲選為一場國際活動的主題曲，而她要在那場開幕典禮上臺表演的樣子。如今她已經不只是代表日本的偶像，更準備朝著世界展翅翱翔。

「妳可別太勉強自己啦。」

「有本錢亂來也是一種幸福呀。」

唉，用那種笑容回應也太狡猾了。

「話說齋川，關於接下來的預定行程，這是怎麼回事？」

現在是傍晚五點多。距離音樂劇排練還有一段相當長的時間，不過行程表上卻標記暫時空白。

「啊，其實原本有一項工作取消，所以臨時插入了別的行程。」

「居然還找別的工作來替補取消的工作。」

我感到無奈傻眼的同時不經意望向車窗外，忽然對那景色感到驚訝。

「君塚先生？請問你怎麼了？」

「不，沒事。只是這附近的景色我剛好有看過。」

後來過了不到五分鐘，車子停下來。

齋川下車，而我也跟在後面。她接著「就是這裡」地指向一棟建築物。

「妳到這裡來要做什麼？」

「我來當義工。其實有人拜託我能不能來這裡獻唱一下。」

「連這種工作妳也接啊？妳人也太好了。」

「才不！因為我的野望是用笑容支配全世界的人呀！」

齋川「哇哈哈！」地挺胸大笑起來。還真是全世界最溫柔的魔王大人。

「啊，不好意思。我好像還沒跟你介紹這裡是什麼設施。呃……」

想要向我說明的齋川頓時「咦？」地用感到奇怪的表情看我。大概是因為我不等她說明就逕自準備進入屋內的關係。

不過我其實從一開始就知道這地方了。

「是兒童保育設施對吧？」

「是沒錯，但為何你會知道呢？」

為什麼我會知道這個設施？這地方對我來說是什麼樣的場所？

真要講起來，該這麼說吧。

「因為這是我曾經生活成長的故鄉。」

◆大海、寶石與美麗的洋裝

下午七點半，結束在設施的義工活動之後，我們稍微搭一段車來到一座水族館。

由於已經是快要閉館的時間，館內沒有什麼人。再加上燈光幽暗，只要用帽子跟口罩多多少少變裝一下，應該不會被人發現是齋川才對。

「嘩～！是魟魚呢，魟魚！好大隻呦！」

齋川全身貼到大型水槽上，眼神閃閃發亮。

僅僅一小時的休息時間。由於到音樂劇排練之前還有一點空檔，於是我們在齋川的提議下來到這裡放鬆一下了。

「原來妳那麼喜歡水族館嗎？」

「是呀，因為到處充滿了跟我眼睛一樣的顏色！啊，還有小丑魚呢！」

齋川指著水槽內，而我也站到她身邊。

「小丑魚在魚卵階段會受到父母照顧，但孵化之後就會馬上被放到大海中囉。」

「你懂好多。我猜八成是以前從希耶絲塔小姐那邊聽來的知識對吧？」

這個嘛，我也不記得。雖然那個人確實每天都會灌輸我一堆瑣碎知識就是了。

「不過，在長大成人之間就要跟父母分開，應該很寂寞。」

齋川彷彿聯想到自身的境遇般看著小丑魚。

「但是相對地，小丑魚會跟海葵共生，所以並非孤單一個人。」

「……原來是這樣。嘿嘿，那也就是說，君塚先生就是海葵了。」

要那樣講的話，粉絲們的存在才應該是海葵吧？我雖然這麼想，但齋川不等我吐槽就移動到下個水槽去了。在那裡可以看到水母群輕飄飄地搖蕩於水中。

「好漂亮。」

燈光照耀下，大量水母綻放著藍色的光彩。齋川陶醉地欣賞著那片景象。

「呃，君塚先生？下面一句『妳比較漂亮』到哪兒去了？」

「原來妳在等我講喔？」

這麼說來，去年聖誕節的時候也有個偵探講過同樣的話。

「呵呵，跟你開開玩笑而已啦。」

齋川輕輕微笑，稍微瞇起眼睛。

「不過話說，我果然就是很喜歡美麗的存在呢。」

「美麗的存在？」

「是呀，像水族館、夏季的天空、藍寶石，還有海藍色的洋裝。穿上美麗的衣裳打扮自己，把聽似虛華的漂亮話唱成歌曲。這就是我的工作。」

「記得妳以前也講過同樣的話。」

「是呀，這是爸爸和媽媽教我的。」

齋川伸手輕撫水母的水槽。

「我希望自己能永遠保持美麗。但正因為這樣，剛才沒能做得很好。」

她應該是在講剛剛我們拜訪的兒童保育設施時發生的事情吧。

那間設施裡有二十名小孩。

國民偶像齋川唯的驚喜登場讓許多小孩們又驚又喜，大為興奮。對於齋川表演的歌曲以及之後的互動都由衷感到開心。

然而在二十人之中，有幾個人並非如此。

住在設施的小孩們各有不同的背景。有人父母雙亡，有人被父母遺棄。

這樣一群小孩中，並不是所有人都能坦然接受齋川那樣無止盡的純真……那樣耀眼的光彩。而這些小孩在齋川表演的那段時間一直都窩在房間角落，表情無趣地聽著她唱歌。

「對不起。」

我轉過去，看見齋川對我低下頭。

「同時也謝謝你。」

「應該沒什麼理由讓妳對我道歉或感謝吧？」

「因為剛才多虧有君塚先生。你讓那些孩子們對你敞開了心扉。」

當多數的小孩都聚在齋川身邊的時候，我則是去跟其他躲在角落的小孩們搭話了。其實按照我的個性，本來應該很不擅於跟小孩子互動才對；而那些孩子們也確實剛開始都感覺對我保持著警戒心。

然而我擁有一項武器。小孩們也真的聽了我一句話就當場睜大眼睛。僅僅一句話——只要這一句話就足夠了。

『我也是來自這間設施的。』

小孩們因此稍微對我感到興趣之後，我接著聊起以前住在那裡的往事以及大家共通的經驗，到最後也成功逗他們笑了。

假如我的經驗或過往能幫上什麼忙，其實要我講什麼都無所謂。活在世上有時要懂得不嫌骯髒難看，不顧一切地頑強生存下去——我告訴了他們人生也有這樣的選擇。

就好像從前丹尼·布萊安特教過我的一樣。

「不過齋川，其實只要妳願意，那些話題妳也聊得起來吧？」

齋川的境遇跟設施的那些小孩們同樣有重疊的部分。她的人生也絕非一直都光鮮亮麗。就算我不出面，她應該也能和那些小孩們產生共鳴才對。

「其實我剛開始有想過要那麼做……但我做不到。」

齋川往前走去，於是我也跟在後面。

沒多久，眼前又出現一座巨大的水槽。裡面有各式各樣的魚類在水中優雅游舞。那是這間水族館中最大的水槽。

「不管有多忙碌，我都不想讓粉絲們看到我疲憊的表情。不管有過多麼難受的過往，我也不能全部告訴大家。我期許自己成為的偶像，是不可以做出這些事情的。」

「所以剛才妳也始終保持著開朗明亮的形象啊。」

齋川點點頭。

「因為這同時也是我和父母的約定。我身為一名偶像必須永遠綻放光彩，穿著美麗的衣裳，依照美麗的理想活下去。」

她昨天也回想起一位粉絲，說過同樣的話。

說自己會比星辰、比太陽更加耀眼。把黑暗與陰影盡藏自己心中，只讓粉絲們看見明亮的部分。齋川唯的目標就是成為那樣的偶像……那樣的理想存在。

「這不是義務。是我自己想要這麼做。是一種希望。」

她的態度一點都沒有悲壯的感覺，也沒有浮現悲痛的表情。然而齋川唯站在巨大的藍色水槽前，依然深切地對我訴說著。

我則是靜靜聆聽她的話語。

她的人生，她的選擇。在這裡仔細聽完她這些話，想必就是我今天必須完成的最重要工作。

「所以說……所以、我……！」

齋川稍微扯開喉嚨叫喊的同時，水槽上映出她睜大眼睛的表情。

然後在她背後，有個令人發毛的影子在搖曳。

我趕緊轉過去……但就在這一剎那，影子消失無蹤了。

「……別擔心。」

齋川彷彿在安撫自己平靜下來般，靜靜閉上眼睛，不提起剛才發生的現象。

然而緊接著，摘下眼罩的她露出滿溢堅強決心的表情。

「所以我會唱下去。但凡此聲不絕，我永遠只會為了你唱下去！」

一開始彷彿在內心靜靜感受，到後半宣洩感情大叫。

無人的水族館一片寂靜。

在幽暗的館內，藍色燈光宛如聚光燈照在齋川身上。

一段時間後，我「齋川」地叫了她一聲。於是她緩緩把身體轉過來。

「如何呢？女演員齋川唯的演技是不是很逼真？」

表情帶著微笑。看來剛才那段是音樂劇中的臺詞。

然而，我不認為那單純是假的……不認為那只是一種演出。

現實與理想。表面與背裡。

這些東西此刻交織混雜，名為齋川唯的人物正準備成為名副其實的『偶像』。

「來吧，工作時間到囉。」

齋川依舊帶著笑容往前走去。

這絕不是什麼寂寞的事情。

然而我莫名感覺那背影越走越遠，而稍微跨大了自己的步伐。

◆Red & Black

離開水族館後，我們搭計程車前往音樂劇的排練場地。齋川在目的地下車，我則是決定到附近的咖啡廳打發時間，等待她練習結束。

這是一家古色古香的傳統咖啡廳。我伴隨「噹啷」的鈴聲踏進店門後，老闆帶我來到二樓。

現場除了我以外沒有其他客人，於是我在窗邊的座位點了特調咖啡後，稍歇一口氣。雖然晚上應該避免攝取咖啡因，但反正我不覺得自己今晚能夠睡覺。

沒過多久，咖啡端上桌。我不加糖，享受著裊裊飄起的蒸氣中散發的香味，將深褐色的液體傾入怕燙的口中。

「區區人類竟敢把我叫出來見面。死刑。」

對面座位上出現了剛才還不存在的人影。是身穿白西裝的吸血鬼——史卡雷特。即便嘴上對我抱怨，啜飲咖啡的表情倒是挺滿足。

「衣索比亞咖啡啊，香氣不錯。」

「原來你也會喝咖啡。」

「吸血鬼也是會享受嗜好品的。」

像他昨天喝的葡萄酒也是一樣。至於偶爾會裝在杯中的人血，似乎終究只是營養來源而已。

「話說你應該有把人驅散了吧？」

「有啦，這間是《黑衣人》指定的店家，你大可放心。」

「明明不是《調律者》的你竟敢利用《黑衣人》。死刑。」

「不要從剛才就輕易判人死刑。我也是活得很努力好嗎？」

背負著這種容易被捲入麻煩的體質還能長到這麼大，反而應該多稱讚我一點吧。

「……然後呢，史卡雷特。剛剛出現在水族館的是《不死之身的木乃伊》沒錯吧？」

齋川也有注意到的那個僅僅搖曳一瞬間的影子。其真面目不容置疑就是伊莉莎白創造的眷屬，恐怕在眨眼間就被史卡雷特處理掉了。

「畢竟是那丫頭的**精采戲分**。要是被打擾就掃興了。」

史卡雷特淡淡一笑。

他明明把護衛齋川的工作交給我，但似乎自己也有姑且在暗中觀望保護的樣子。

「敵人的目的到底是什麼？」

「誰曉得？要是知道這點，我現在就不會坐在這裡悠悠哉哉享受咖啡香味了。」

……這麼說也對。聽到他這樣有道理但沒啥意義的回應，我接著又問道：

「我說，史卡雷特，你為何會成為《調律者》？」

現場頓時寂靜。只聽見吸血鬼把杯子放回杯碟的聲響。

之前我有聽他說過為何現在要做這種獵殺同族的行為。當時說是因為現在地球上存在邪惡的吸血鬼，而他背負著阻止那敵人的使命。

但那契機又是什麼？我沒聽過他最開始成為《調律者》的過程。例如希耶絲塔是為了打倒《原初之種》（席德），莉洛蒂德是為了殺死《七大罪的魔人》，所以各自才會下定決心成為正義使者。那麼《吸血鬼》又是如何？

「我有義務回答你這問題嗎？」

然而史卡雷特卻露出懷疑的表情，高傲地翹起大腿。

「偵探與吸血鬼不是結為同盟了嗎？」

那麼稍微拉近一點心靈上的距離也不為過吧？

「那是沒錯。但你又不是偵探。」

「偵探與助手是一心同體，所以沒問題。彼此知道的情報都是共同財產，我和夏凪一直都是赤裸裸地坦誠相見。」

「虧你能一臉認真講出這種話。」

史卡雷特用感到傻眼的表情繼續說道：

「你們人類總是喜歡尋求故事中的解答，想要馬上知道真相。這實在是很差的習性。明明事物之間的界線根本沒有清楚到可以黑紅分明啊。」

「要那樣講應該是黑白分明吧？」

難道他是想拿血色比喻為紅嗎？

然後拿夜色比喻為黑。合起來就是紅與黑。

「不，我在講斯丹達爾。」

「那個『紅與黑』啊……」

沒想到吸血鬼也有閱讀法國文學作品的興趣。

「也罷，給你再問一次吧。」

就當作是盡到同盟的情義——史卡雷特如此表示。

從過去的經驗可以清楚知道，這男人對於同盟或契約之類的概念非常敏感。

於是我以此為盾重新問他一次：究竟是在什麼經歷下讓他成為了《調律者》？

「三十年前，我在吸血鬼居住的一處類似貧民窟的地方出生長大。」

史卡雷特如此敘述起自己的來歷。

「當我懂事的時候已經沒有父母。或許是我一出生就被丟棄在那小鎮，也可能是他們早早就死了。考慮到吸血鬼的壽命大概三十左右，後者的可能性應該比較高。但不管怎麼說，總之當我的自我意識開始成形時，已經過著衣食盡缺的生活了。」

他如此自嘲了一下。

但他並沒有表現得自卑，也沒悲壯的感覺。或許要歸功於他散發出來的風采。

「那絕不算是什麼不幸的事。假如我是個人類，或許難逃營養失衡的命運，然而很幸運地我是個吸血鬼。儘管並非不老不死，但短期的生命力依然比任何生物都優秀。只要偶爾吸個人血就能活下去。」

我很幸運——史卡雷特這次明顯笑了。

「沒有家人朋友不一定就是不幸——這點我也有同感。」

我根據自身經驗如此附和。

舉目無親，孤單一人。那種事情就連寫進自己個人簡介的一個小角落都沒必要——我身邊曾經有個男人這麼說過。

「雖然說，我的狀況只是沒有父母，但還有兒時玩伴。」

「騙人的吧？你竟然背叛我？」

他這種類型的傢伙居然還有朋友。

……這麼說來，他好像講過如今成為敵人的伊莉莎白也是他的故知？那麼他現在講的兒時玩伴就是指伊莉莎白嗎？

「住在那鎮上雖然充滿不合理的事情，但不表示世界就一定無趣。在這個人類創造出來的世界上，有為了娛樂而存在的飲食、文學或音樂。而那些東西有時候對於明明身為鬼的我們來說也會成為一種希望。」

史卡雷特如此述說著，莫名露出望向遠方的眼神。

在他的發言中，「音樂」這個詞讓我感到有點在意。上次他對齋川說過，自己已經沒有在聽音樂了。到現在應該還對文學有興趣的史卡雷特，究竟為何會遠離音樂？

「可是有一天，我住的小鎮被一個吸血鬼燒掉了。」

空氣霎時冰冷，我變得什麼話都說不出來。

「籠罩小鎮的烈焰將所有房子與生命都燃燒殆盡，當然也包括我的同族在內。

然而我的再生能力卻特別強，細胞被火破壞之後又立刻再生，再被破壞又再生。這樣無止盡的地獄延續幾十個小時——到最後除了我以外的吸血鬼全死光了。」

史卡雷特透過窗戶眺望屋外的月亮。

從他的側臉看不出恐懼，只有無盡的悲傷。

「我的再生能力似乎在吸血鬼之中也特別強的樣子。當烈焰最終熄滅，在遍地焦屍的情景中，我獨自一個人站了起來。同時，我笑了。因為縱然擁有如此強大的再生能力，壽命也只剩下十五年啊。」

史卡雷特現在三十歲。現在在講的大概是十五年前的事情。

「就在那時候，那些傢伙來到了化為一片焦野的鎮上。」

「你說《聯邦政府》的高官啊。」

「對，他們向我提議，要不要成為《調律者》。願不願意協助他們打倒邪惡的吸血鬼，這樣。」

……原來如此。拿我知道的案例來說，像米亞和莉露據說就是分別由希耶絲塔和史蒂芬邀請加入《調律者》的。不過史卡雷特則是《聯邦政府》親自出面接觸的啊。

「但你們吸血鬼和《聯邦政府》之間不是有恩怨嗎？歸根究柢，當初下令創造吸血鬼這個種族的不就是……」

「只有白痴才會因眼前的私仇或一時的感情而迷失目的。」

史卡雷特打斷我的話。

「我問自己剩下十五年的人生應該要達成什麼目標，最後做出決斷——利用自己這個力量消滅所有邪惡的吸血鬼。這就是我生在世上的意義。」

他至此彷彿已經把該講的話都講完似的，將咖啡一飲而盡。

然而，這男人還沒把最關鍵的部分說明清楚。

「到頭來，把你出生的小鎮燒掉的吸血鬼是誰？」

史卡雷特真正的仇人究竟是誰？

他總不會跟我說就是伊莉莎白吧。

「實在愚蠢啊，人類。」

可是他卻對我嗤之以鼻。

「我說過了。凡事不一定都能判別紅與黑。」

「……意思說，沒有必要知道誰才是燒掉小鎮的凶手？」

對於我的問題，史卡雷特又望著夜空中的月亮說道：

「我只管繼續執行使命就好，直到所有吸血鬼的血脈都斷絕為止。」

【Side Yui】

在練習室結束歌唱練習後，我忍不住搖搖晃晃地癱坐到地板上。與其說身體疲憊，或許應該說腦袋累了吧。唱歌的同時還要動腦思考這麼多東西，對我來說是第一次的經驗。

「辛苦囉，小唯。做自己不習慣的事情很累吧。」

用溫柔的聲音如此對我搭話的，是這次指導我唱歌技巧的老師——瑪莉小姐。就在我苦惱於身為音樂劇演員而非偶像歌手時唱歌應該使用什麼技巧、抱持什麼心境的時候，她好心答應來當我的老師了。

「若不嫌棄，這個給妳喝。」

「謝謝！」

我把瑪莉小姐拿給我的水壺「咕嚕咕嚕」地一飲而盡。

「請問這是哪裡賣的礦泉水呀？總覺得全身都熱起來了！」

「那是蜂蜜生薑茶呀。我沒想到妳居然會一口氣喝下去。」

原來如此，怪不得。

我還以為自己的身體忽然沸騰呢。

「我還有帶很多喉糖來，要不要？」

「請給我十顆！啊，我不要薄荷的！」

瑪莉小姐於是在我手上放了滿滿的草莓口味喉糖。

我最喜歡會這樣寵我的人！……雖然說在練習的時候她還頗嚴厲的就是了。

「保養喉嚨很重要喔。雖然妳應該用不著我提醒啦。」

「……對不起。最近我沒什麼餘力去注意這點。」

我知道講這些藉口都沒有意義，但還是會忍不住說出口。

「哎呀，雖然我也只是由於自己某些因素才會隨身攜帶這些東西的。」

「呃，瑪莉小姐不是也因為當歌手所以注意自己的喉嚨嗎？」

「那也是原因之一沒錯，但其實我似乎天生體質虛弱，會因為天氣之類而影響到當天的身體狀況。」

原來如此，我有點明白。

像我也是遇到下雨或氣壓低的日子就會經常受偏頭痛之苦。

「請問妳碰上那種時候都怎麼做呢？我是說當身體實在很不舒服，或者喉嚨狀況很差的日子。」

「那當然只能等待囉。等待自己有辦法好好唱歌的日子到來。」

……果然。我腦中也覺得她這麼講沒錯，但內心卻莫名有種難以舒暢的感覺。不是針對瑪莉小姐，而是對我自己。

「妳遇到了什麼事嗎？」

瑪莉小姐坐到我旁邊，溫柔地如此詢問。

「就算自己的狀況再怎麼差，預定日程也不會等人呀。」

音樂劇排練加上新歌發行。不久後還有一場重要活動，空下來的時間則是練習唱歌或跳舞。現在的我沒有任何一點停下腳步的時間。

然而這同時也是我從前以來的理想、目標。也就是成為一個隨時都美麗漂亮、總是閃閃動人的偶像。我現在肯定正走在通往那個目標的路途上。

「小唯為什麼會當偶像呢？」

瑪莉小姐這個問題讓我忍不住肩膀顫了一下。

我會當偶像的理由。立下志願的契機。

這件事如果要講起來，就不得不提到一點自己黑暗的過去。然而我覺得對瑪莉小姐敷衍話語也沒有意義，於是講述起來。

關於自己小時候由於疾病的影響而個性內向怯懦的事情。不過美麗的藍寶石義眼讓我鼓起了勇氣的事情。因為想要出去看看外面的世界而當起偶像的事情……爸爸和媽媽過世的事情。但我希望他們能在天國看到自己努力的模樣而堅持不懈地繼續當偶像的事情。

我一步步說明這些過去，而瑪莉小姐不斷點著頭，溫柔傾聽。

「現在也是一樣嗎？」

她接著這麼問我——現在是否依然為了父母而唱歌？

「嗯～……很難講。老實說，我覺得自己以前是在心理上依賴那兩人。但現在已經不是那樣。希望能夠閃閃發亮、綻放美麗光彩——這已然成為了我自己的人生態度。」

對，所以現在的我是很正向積極的！

我在心中比ＹＡ。沒時間讓我悶悶不樂的呀。

「那麼現在小唯是對著誰在唱歌呢？」

「咦？那當然是對著粉絲們囉。」

「妳說的粉絲是誰呢？」

唔，這是在跟我玩猜謎嗎？但瑪莉小姐的表情極為認真。

「當妳講到『粉絲們』時，妳腦中會不會浮現特定的人物？」

「這個嘛……」

當然，由於我們定期會舉辦像握手會之類的活動，每天的直播也會和大家互動交流，所以留在我記憶中的面孔與名字也很多……就像因為木乃伊手掌事件讓我回憶起的那位患病的女孩子也是一樣。不過要是問我講到「粉絲們」時腦中會浮現誰的面孔，我卻無法立刻回答。

「我是個輾轉各地餐廳酒店的歌手，每次獻唱的舞臺都遠比身為偶像的妳來得小。不過也因為這樣，我可以仔細看見每一位聽眾，也能藉次提升自己『對著誰歌唱』的意識。」

「……原來如此。對著誰歌唱，是嗎？」

「沒錯，光是腦中有這樣的意識，或許就能改變妳在舞臺上的唱歌方式喔。」

偶像的工作是一種徹頭徹尾的娛樂表演，希望讓聚集到會場的所有人開心享受的意識對我來說是理所當然的事情。

但如果要思考此時此刻的一曲希望讓誰聽見——這或許正是因為我已經從依賴父母的心態畢業而面臨的課題吧。我究竟為何而唱？為誰而唱？

「請問瑪莉小姐現在有希望獻唱的對象嗎？」

她說因為自己是餐廳歌手所以能夠看見聽眾的容貌，那麼假設現在要在這裡唱歌，她會對著誰歌唱呢？我因為想不通自己的事情，於是改為詢問瑪莉小姐的想法。

「我想我應該從以前就很喜歡唱歌吧。」

據說失去從前記憶的瑪莉小姐露出望向遠方的眼神盯著天花板。

「然後我以前想必是對著某個人唱著自己喜歡的歌。所以現在的我也不會變。我會為了那個人而唱。」

【第三章】

◆世上最糟的犯罪者

水族館的那件事情後過了兩個禮拜。在這期間，我們得知了齋川所擔心的那位患病少女粉絲的動向。據說她最近到美國接受手術，現在也留在當地住院的樣子。換言之，她跟寄到齋川家的那個木乃伊右手沒有關聯的意思。

如此這般，雖然我們到頭來還是沒搞清楚敵人的目的，但至少齋川因為粉絲平安無事而感到開心，在工作上又變得更加賣力了。或許是她再一次確認到自己理想偶像的人生態度吧。

絕不讓粉絲們看到自己黯淡的一面，也不會講喪氣話，隨時隨地都面帶笑容。穿上美麗的衣裳，唱出美麗的歌聲，就算被人批評那是空有理想的形象也無所謂。

就在這樣的日子中，有一天我和夏凪來到了警視廳……呃不，並不是因為我犯了什麼罪，是我們要跟這裡的某位人物見面。

「還是老樣子靠一張臉就能進到裡面，真是方便。」
在職員帶我們進來的房間中，我們坐在沙發上等待想要見面的人物。
「那是在壞的意義上吧。這裡的職員，每個人看到君塚的臉都好傻眼呀。」
「畢竟我從以前就經常光顧這裡啊。主要因為各種冤枉罪名。」
只要我這容易被捲入麻煩事的體質不改善，恐怕一輩子都會受到警察、檢調跟律師的關照吧。另外還有偵探也是。
就這樣等了一段時間後，我們要找的人物伴隨粗魯的開門聲響進到房間來了。
「受不了，為啥你們會跑到這裡來啦？」
那人正是一臉不悅的紅髮警官——加瀨風靡。
然而很意外地，在她後面還有另一個人影。
「咦？大神先生？」
夏凪頓時睜大眼睛。
他是前代理助手、公安警察，另外還有好幾項頭銜之類，但總之就是大神。我們最後一次見到他是在打倒《暴食》的那時候，沒想到現在又會這樣碰到面。
「大神，為何你會在這裡？夏凪已經有助手囉。」
「今天是為了別的事。話說君塚君彥，我反倒比較驚訝你會在這裡啊。」
大神冷淡地敷衍我，不過對夏凪卻是「好久不見了，名偵探」地禮貌問好。而夏凪也「好久不見～」地揮揮手回應。你們感情可真好。

「風靡小姐和大神先生，原來兩位之間認識呀。」

夏凪看著坐到對面沙發的那兩人。他們確實表面上的身分都是警察，也各自有負責檯面下的工作。就立場上來講有相似的部分。

「還有年齡也很相近吧？」

「我比較年輕啦。」

風靡小姐霎時朝我瞪過來。原來她意外地會在意那種事啊。

「不過兩位感覺很登對呢。」

夏凪交互看看眼前那兩人，露出賊笑。

風靡小姐對此感到傻眼，相對地大神則是……

「很可惜，這人眼中並沒有我。畢竟她到現在依然……」

「閉嘴，大神。」

風靡小姐一句話就制止了大神。雖然她年紀比較輕，然而在檯面下的工作來說她的資歷比較深。大神立刻「恕我失禮了」地表示歉意。究竟他原本想說什麼？

「然後呢，你們來找我有啥事？關於之前提過那件木乃伊事件嗎？」

我們和風靡小姐自從上次在電話中提供情報之後，就沒再討論過這件事情。

「你們似乎一下子就跟那件事扯上關係了。那木乃伊，跟吸血鬼有關對吧？」

「呃，是沒錯。因此就結果來看，那應該屬於名偵探的工作範圍，不過……」

我簡單扼要地說明了一下夏凪和史卡雷特結為同盟的事情，以及關於伊莉莎白的事情。結果風靡小姐便感嘆一句「事情可變得真複雜呀」，並露出同情的笑容。

「但總之，那邊的事情就交給你們了。我有我的事情要忙。」

風靡小姐對我們甩甩手掌。然而……

「可是說不定妳也已經被捲進來囉。」

夏凪微微揚起嘴角看著風靡小姐。

「因為妳看，**我把他帶來了**。」

她說著，捏起我的衣襬。

風靡小姐隨後似乎也察覺這句話的意圖，微微皺起眉頭。

「我猜上一任偵探應該也都是這麼做的。把他帶到各種現場與各種人物見面，打下名為《特異點》的木樁——結下緣分。期待有一天這些行動能開花結果。」

我具有容易被捲入麻煩的體質，或者稱為《特異點》的特質。只要有我在的地方就會聚集事件，因此反過來說，有我在的地方總有一天可以解決事件。

當然，其中必須有人扮演福爾摩斯的角色。但除了偵探以外，與我有關聯的人物也全都會成為關鍵角色，成為故事的登場人物。這即是我的體質，我的本質。

「……真受不了。但至少在這件事情上，我可沒打算主動跟你們扯上關係喔？」

「嗯，沒關係。然而不僅限於這次的事情，遲早有一天妳肯定會來幫忙我們，跟我們扯上關係。或者說不定還反過來喔。沒啦，開開玩笑。」

我是不覺得風靡小姐真的有那麼一天會認真拜託我們幫忙啦，不過我依然相信偵探的直覺而沒有多插嘴。

「你們的主張我暫且明白了，所以今天你們就先回去吧。我還有事情要在這裡跟大神討論。」

風靡小姐抽著菸，想要把我們趕走。

唉，被排擠的滋味可真不好受。

「大神，你也幫忙講些什麼吧。」

「不要莫名其妙扯到我身上來。為什麼我要幫你的忙才行？」

大神頓時露出傻眼——或者說瞧不起人的表情看向我。

「大神先生，拜託嘛。」

「既然名偵探這麼說，那就沒辦法了。」

「喂，大神，這跟剛才對我的態度差太多了吧？」

這下我充分明白了，我果然沒辦法跟這男人好好相處。

「如果妳要談的是之前那件事，我想應該跟《名偵探》也並非毫無關係。請問妳覺得如何？」

大神用敬語如此詢問風靡小姐。大概因為在檯面下的資歷是風靡小姐比較高的緣故吧。結果風靡小姐深深嘆息後，稍微沉默了一下才開口：

「是關於《七大罪魔人》的事情啦。」

意想不到的詞彙冒出來，讓我的臉忍不住抽動一下。

那是以前魔法少女的敵人。我還以為那樁事已經落幕了說。

「到頭來那些傢伙究竟是什麼——我想聽聽看你這位專家的見解。」

風靡小姐將對話拋給大神。

據說大神為了幫原本身為《執行人》的故友報仇，曾經獨自調查過魔人的事情。

「我想應該有其他比我更專業的專家吧？」

「當然我也會找魔法少女問話。等她身體狀況跟周邊環境稍微穩定下來之後。」

看來風靡小姐姑且有透過自己的方式關心才剛結束戰鬥沒多久的莉洛蒂德。

「大神，你怎麼想？我要問的不是『象徵人類惡意的《世界之敵》』這種抽象的概念。關於那些傢伙的真面目，你有沒有什麼頭緒？」

例如在全身上下移植武器的人類，或是人類與惡魔的合體獸。

雖然有各種說法，不過大神曾經說過《七大罪魔人》的來源其實尚不明朗。

「我的見解還是跟以前一樣。那些傢伙究竟是什麼東西——那是連《巫女》都沒能預料的敵人。因此甚至不是《調律者》的我，並不清楚他們的真面目。」

不過——大神說著，瞇起眼睛。

「假如不僅限提供事實，我倒是有一項推測。」

「無妨，你說吧。」

風靡小姐催促他講下去。那態度感覺就像她自己心中也抱有某種確信。

「我推測《怪盜》亞森應該有牽涉其中。」

我和夏凪不約而同地轉頭互看。那是我在去年夏天曾經一度跟希耶絲塔一起對峙過的敵人。

「《怪盜》亞森由於盜竊《聖典》之罪而入獄，不過卻透過某種手法從監獄中殺害了《七大罪魔人》之中的三人，也因為這份功勞獲得特赦——這發展未免太過巧妙了。」

大神抽出一根菸，點燃菸頭。

「雖然我不清楚具體過程如何，不過我的假說就是：那些魔人會不會是《怪盜》亞森創造出來的？」

聽到這邊，我說了一聲「那麼……」並舉起手。

「換言之，一切都是《怪盜》自導自演的？」

「沒錯，所以他能夠裝成彷彿自己在監獄中殺掉了魔人。」

或者搞不好真的是他殺掉的——大神如此補充。
「然後呢？請問妳的見解又是如何？」
大神把剛才拋給他的對話又拋回給風靡小姐。
「嗯，我的意見大致跟你一樣。」
風靡小姐也點燃第二根香菸。
「關於這件事情我感到有點在意，所以也獨自去調查了一下。最後我同樣得出了跟你類似的假說。《怪盜》亞森無論從前或現在都是敵人，這點毋庸置疑。不過那根源或許比我們想像的還要深。」
「……所以之前在莉露的事情上，妳才會出手幫忙我們是嗎？因為妳從一開始就對魔人感到不對勁，認為跟亞森有所關聯。」
夏凪感到明白地點點頭。
《調律者》之間存在有原則上互不干涉彼此工作的制約。然而上次的事件中，風靡小姐又是管制交通又是疏散民眾地找了一堆理由，跟魔人之戰扯上關係直到最後。看來其中有她的目的。
「順道一提，君塚。」
「被風靡小姐叫名字會讓人莫名臉紅心跳啊。」
「順道一提，臭小鬼。」

也沒必要刻意改口吧？

「——你對『亞伯』這名字有沒有印象？」

突然冒出一個人名，讓我反應慢了一拍。

不過我確實知道這號人物。

「是誰呀？」

夏凪開口詢問。於是停頓一下後，我說出那個犯罪者的全名：

「——亞伯・A・荀白克。謠傳是世界上各種未破案事件背後真正的幕後黑手。」

多起重大案件背後據說都是這號人物在操縱肇事犯人，然而時至今日依然沒能掌握他的真面目，因此世界上的警察與各種標榜正義的組織都在追緝這個人。

其實我以前跟希耶絲塔遊歷各地時，曾經被捲入據說亞伯有牽涉其中的事件。然而我們到最後也沒能抓到亞伯，於是當時正傾力追捕《SPES》的希耶絲塔就把這件事暫時擱到一旁去了。

「……我都不曉得。居然有那樣凶惡的罪犯還沒被逮捕。」

「曾經有一段時期，討伐亞伯是《執行人》的使命。雖然說，亞門在達成使命之前就被《七大罪魔人》殺掉了。」

大神對夏凪如此述說他的故友《執行人》道格拉斯・亞門的過去。

不出所料，亞伯果然也有被認定為《世界之敵》。既然如此，討伐那傢伙的使命現在是由誰在接棒負責？我們的視線自然而然地看向同一處。

「對，沒錯。那是我的工作。」

風靡小姐在菸灰缸上捻熄香菸並如此說道。

「處分亞伯就是現在《暗殺者》的使命。不需要掌握什麼犯罪證據，不需要管什麼無罪推定原則，上頭命令我見人即殺。」

就算假設是沒有犯罪的人，依然要為了大義而痛下殺手。

加瀨風靡表示，這就是《暗殺者》的使命。

「但為何要在這時候跟我們提起亞伯的事情？」

「據說亞伯總是能透過某種手法，讓與自己完全無關的陌生人去執行犯罪。操縱他人行事，絕不弄髒自己的手。雖然不到完全相同的程度，但你們不覺得好像有個類似的人物嗎？」

聽到她這麼問，我從過去的經驗中浮現出幾項可能性——並且把當中最不希望是真相的假說提出來：

「假如是《怪盜》亞森，就能把人的心也偷出來隨意操作。」

回溯去年夏天，打倒《原初之種》（席德）後沒過多久的時候。我和希耶絲塔為了出席《聯邦會議》而到訪紐約，結果在當地被捲入了一起小事件。幾名持槍男子闖入一間咖啡廳，試圖綁架人質要求解放某一名囚犯。

雖然當時由於有希耶絲塔在場，讓事件本身及早獲得了解決，然而奇妙的是那些犯人們和那名囚犯之間完全沒有接點。可是犯人們卻崇拜著那名囚犯，為了他甚至引發事件。

然後講白了，那位囚犯的名字就是《怪盜》亞森。我和希耶絲塔在事件之後也有跟那人當面對峙過，但最後沒能抓住他。

「可是這也太誇張了。難道說亞伯的真面目就是《怪盜》亞森？」

「這終究只是我調查各種情報的過程中浮現的一項假說。但假若真是如此——整個世界恐怕都會變樣吧。」

風靡小姐說著，抬頭仰望白色的天花板。

「我會抓住他的。」

這句話讓風靡小姐又放下視線，我和大神也轉頭過去。是夏凪發言的。

「因為我的上一任說過，逮捕《怪盜》是我的工作。」

那雙堅定不移的眼眸注視著明天，散發熱量的話語中蘊含著魂魄。

儘管明確感受到某種深不可測的巨大邪惡氣息，偵探依然決心邁向未來。

「唉，受不了。你們是白痴嗎？」

風靡小姐彷彿傻眼愣住似地輕輕一笑。

「不准來攪和老娘的案子。」

◆魔女與祖先

離開警視廳後，我和夏凪便順道去拜訪前・陽傘魔女的瑪莉了。

我們正在處理的課題不是只有吸血鬼的事情而已。這幾個禮拜我和夏凪也持續調查瑪莉的尋鄉委託，終於得出一項假說。因此今天和久違的她取得了聯絡。

「招待不周，還請見諒喔。」

瑪莉對著坐在沙發上的我和夏凪拋個媚眼，淘氣地道歉。

「不會，妳客氣了！這咖啡非常好喝呢。」

夏凪笑容滿面地端著杯子。

我們在瑪莉的招待下，來到了她居住的公寓。

「妳房間裡沒什麼家具啊。」

沒有電視，也看不到什麼日用雜貨。要形容說只有最基本限度的家具嘛，就像雜誌上偶爾會看到所謂極簡主義者的房間那種感覺。

「畢竟我過著一邊尋找故鄉一邊遊歷各國的生活，房間必然就會變成這樣了。」

「原來如此。其實我以前也經歷過類似的生活，所以不難理解。」

瑪莉現在想必也只是短暫逗留日本而已吧。

「我從之前就在想了，君塚你跟年紀比自己大的對象講話也都不用敬語呀。」

夏凪聽著我和瑪莉的對話，突然提出這點。

「是啊，我跟風靡小姐講話也是有一半都不用敬語。畢竟彆扭的敬語和客氣態度只會徒增彼此心理上的距離。」

「君塚，你該不會其實很擅長跟年長女性拉近距離？」

「真期待今後會不會有年長女主角登場啊。」

「很難喔，我不會讓那種人登場的。」

「偵探有什麼權力決定這種事啦？」

我們一邊品嘗著咖啡，一邊如此抬槓。

然而，夏凪接著把咖啡杯放到杯碟上，那就是要進入正題的暗號了。

「瑪莉小姐，關於妳的委託……」

她從包包拿出一份資料給瑪莉看。

「……！這照片上的聚落是……」

瑪莉看到資料上的幾張照片，當場睜大眼睛。

那些照片中拍攝的是某處鄉下風景，還有以白色外牆為特徵的房屋。就跟瑪莉在初次見面時給我們看過的村落風景畫非常相似。

「這照片中是某個少數民族居住的村落。然後據說像這樣的小村或小鎮不只在這地方，更存在於世界各地。」

夏凪擔任代表，向瑪莉說明那座村落的特徵。

「住在這裡的居民皮膚色素很淡，女性還擁有一對紅色的眼睛。就像瑪莉小姐一樣。」

瑪莉聽到她這麼說，垂下視線看看自己的身體。

紅色眼睛配上白色肌膚——我起初還覺得簡直有如把夏凪跟希耶絲塔的特徵合在一起的感覺，不過看來這就是瑪莉他們這個民族的特徵。

「妳看看這個。」

我又拿出另一張古老照片。雖然焦點有點模糊，不過照片中可以看到一名年輕女性。紅色的眼睛與白皙的肌膚同樣跟瑪莉很像。這是一位研究民俗學的學者偷偷拍攝的照片。

「這就是我的祖先……？」

瑪莉看著照片如此呢喃。

「不過，你們是如何查到這些的？」

我和夏凪四目相交，互相點頭後，夏凪身為偵探負起回答的責任：

「我們最初的切入點，是**民族歧視的觀點**。」

尖端出版
www.spp.com.tw

瑪莉的肩膀頓時抖了一下。

上個月，我在北歐發現了那座被燒毀的村落。當時我到現場周邊實地調查，卻不知為何每個村民都緘口不談——說自己不曉得那座村落的事情。

起初我還以為是因為發生那樣悽慘的事件，導致大家不願多談。然而我接著又想到另外一種可能性——會不會是住在那座燒焦聚落的民族，原本就遭受到鄰近村落的迫害？

也就是說，莉露小時候經常被大人們警告的那句「不准接近那個村子」，其背後真意就是如此。民族歧視的問題至今依然存在於世界各地。

然後包含瑪莉的故鄉在內，假如類似的聚落存在於世界各處，必然就有對此研究的學者。於是我和夏凪花了不少時間翻譯遍讀世界上的民俗學和文化人類學的論文，最終得到的結果就是這份資料與這項假說。

「只不過，關於這個民族似乎還有許多不明瞭的部分。例如他們的祖先源自哪裡，現存人口有多少之類。然後瑪莉小姐的故鄉具體上是在什麼國家或地區，我們也還不清楚。」

「不過我們有找到幾個可能的地點，分別位於北大西洋的群島、阿拉斯加北部以及德國中央的山區。應該可以一一調查看看。假如有必要，我們也會幫忙……」

正當我如此表示的時候，瑪莉忽然劇烈咳嗽起來。

夏凪立刻跑過去輕撫她的背部。咳嗽持續一陣後總算停息時，她用來遮掩的嘴巴的手帕上滲著鮮血。

「瑪莉小姐！」

夏凪趕緊拿起電話，卻被瑪莉搖頭制止。

過了一段時間，瑪莉的呼吸平靜下來，勉強露出放鬆的表情。

「對不起，害你們操心了。我最近一直都是這個樣子，連最喜歡的酒都沒辦法喝。」

真讓人感到厭煩呢——她說著，面露苦笑。

「可是！妳之前不是還在餐廳唱歌嗎？」

「是呀，可是就在幾天後變成了這樣。所以和小唯的約定也幾乎沒能做到。明明她不只是音樂劇而已，世界博覽會的開幕表演就快到了說。」

「指導練習的事情不用擔心，齋川肯定也能理解。更重要的是，妳有去看醫生嗎？」

「醫生有開藥給我。不過這個狀況起起伏伏的……今天只是狀況有點差。」

夏凪表示要瑪莉好好去休息，於是瑪莉說了一聲「謝謝」並露出微笑。

「不過關於這件委託，當初拜託你們果然是正確的選擇。可以請你們繼續調查下去嗎？」

這意思應該就跟我剛才講到一半的提議一樣，希望我們去把可能是她故鄉的聚落全部調查看看吧。

「真的可以嗎？」

然而，我忍不住如此詢問。假設關於她故鄉的真相確如剛才提出的假說內容，她依然希望知道答案嗎？

現今失去記憶的她，對於可能曾經受過歧視的來歷產生自覺，這樣真的可以算是幸福的事情嗎？

「可以的，當然。」

瑪莉堅定點頭。

「即便我曾經是個受人歧視的真正魔女也沒關係。畢竟我就是想要知道真相，才會委託偵探小姐的。」

夏凪輕抽一口氣，轉頭看向我。

我也稍微遲疑了一下，最後點頭。

「知道了。我們必定會在最後找出真相（答案）。」

對於偵探來說，有時候還是必須把事情查得黑紅分明才行。

我看著瑪莉的紅色眼眸，湧起了這樣的想法。

◆通往夢想的未來

後來又過三天，世界博覽會的開幕式到來了。

天氣陰暗多雲。齋川預定將在下午五點開始的開幕典禮上獻唱博覽會的主題曲。我和夏凪坐在圓頂活動會場的貴賓席等待著開幕。

「你怎麼靜不下來啦？」

夏凪注意到我一直在抖腳。

「沒有購買一般門票入場的我，有資格自稱是唯喵的粉絲嗎？」

「嗚哇～為了那種芝麻小事……話說，你平常明明都跟小唯互動得那麼正常，為什麼有些時候會忽然變成那種極限阿宅啦？」

因為做為偶像的唯喵是特別的存在啊。

「再說，我們今天到這裡來也是為了工作好嗎？」

「嗯，我知道。不過話雖這麼說，我們也只能從遠處觀望而已就是了。」

我們所擔心的，就是木乃伊的事件。假若包含伊莉莎白在內的什麼人物又企圖與齋川接觸，很有可能會盯上像這種在大型場合登臺的時機。雖然會場中也有配置《黑衣人》，不過我和夏凪還是帶著警戒的意義來到現場。

「君塚，你對之前那件事怎麼想？」

距離開演還有五分鐘，夏凪忽然向我提起這樣的話題。

然而她所謂「之前那件事」究竟是指哪件事？吸血鬼的叛亂嗎？瑪莉的委託嗎？又或者是上次跟風靡小姐他們討論過的怪盜？我們還是老樣子一口氣背負太多問題，害我一時之間搞不清楚夏凪在講哪件事情。

不過緊接著，我看到她的眼神，立刻察覺了。

「妳是說希耶絲塔的事情啊。」

也就是史蒂芬對我們說過的那段話。透過心臟移植或許能夠讓希耶絲塔睜開眼睛，但如果那樣做，她有可能會失去至今一切的記憶與人格。即便如此，我們依然要讓希耶絲塔醒過來嗎——

「自從那天之後，我一直在思考。」

可是還得不出答案。

假如綜觀周圍人物，例如我們的同盟對象——史卡雷特面對各種問題時做出的選擇是故意不找出明確的答案。他主張凡事的界線不一定都會劃分得清楚明白。然而不找出答案並不表示就無所作為。史卡雷特始終只專注於自己的使命，為此目標不斷行動。

然而相對地，我們的委託人——瑪莉就剛好相反。她面對問題會追求唯一的答案。然後在得知那個答案……那個真相之後，決定自己的行動。

彼此毫無關聯的兩個人所選擇的行動方針偶然呈現兩極，但這想必不代表某一邊就是錯的吧。唯一可以確定的是，我對自己眼前的問題絕不能裝得視而不見。就好像那個催眠師——守屋教授所說的。

「我們必須做出決定才行。」

我以前一直都是希耶絲塔的助手。只需要專注於協助偵探的行動就可以。然而她沉睡之後，我選擇了讓她再度醒來。既然如此，關於那之後的事情我也必須視為自己的責任，做出決斷才行。

「我呀……」

夏凪開口表示。

「我這個人很任性，很貪心。所以我果然還是希望希耶絲塔保持以前的樣子。希望讓她醒過來後依舊是過去的希耶絲塔。」

……是啊，那當然。我也是一樣。

「可是假設有一天真的束手無策，不得不施行移植手術，結果讓希耶絲塔失去了記憶……如果那樣做可以讓她免於一死，我也願意接受。緊咬著牙根，努力接受那樣的事實。」

到頭來，也只能這樣了——夏凪如此說道。

「君塚，你其實也很清楚吧？」

她雖這麼說，但似乎也不抱確信。當然，這些都是腦袋必須理解接受的事實。萬事竭盡所能，若最終依然無法如願時，便只能接受相較下良好的選項。

這是當然的。我希望希耶絲塔能活下去。不論以怎麼樣的狀態，即便喪失記憶，只要她能活下去就好。我會這麼想，會這麼盼望。

「但是希耶絲塔會這樣希望嗎？」

她會期望我所盼望的事情嗎？

「這我也不知道。所以我覺得到頭來，我們還是只能依據自己的意思做出決定。只能用我們的任性把她捲入符合我們期望的結果之中。」

整個會場都為了這次國際性的盛會而氣氛高昂，但唯獨我和夏凪卻關在自己的世界中對話。

「可是如果希耶絲塔真的失去記憶，把我們的事情以及她至今的人生都遺忘了，那樣醒來後的希耶絲塔真的可以說是希耶絲塔嗎？」

「如果到那時候，就重新再跟她相識一次吧。」

夏凪不假思索回應的這句話，讓我頓時恍然。

「一定可以的，沒問題。像我跟你，不也是相識過兩次嗎？」

「……也對，第一次是在倫敦。當時妳是呈現愛莉西亞的外觀。」

那是夏凪暫時與海拉替換而坐上主人格位子的時期，而當時她的記憶相當模糊。後來我們第二次邂逅，是在大約一年後的放學教室。那時候的夏凪同樣失去記憶，也遺忘過去的回憶，然而透過希耶絲塔的紅色緞帶居中牽線，讓我和夏凪重新相識了。既然如此，希耶絲塔肯定也能再一次——

「好像要開始囉。」

煙火飛向天空，緊接著響起大音量的樂聲——偶像齋川唯登場了。在遠處的舞臺上，笑容滿面地用力揮著手。

會場中播放的是這次世界博覽會的主題歌《夢想＝未來》。

歡呼聲響起，全場熱度衝上最高潮。大家一起揮動粉紅色的螢光棒。我和夏凪也暫時忘卻煩憂，揚起嘴角。

前奏結束，齋川舉起麥克風——就在這時發生了異狀。聽不見齋川的聲音。站在舞臺上的她一臉感到奇怪地看著自己手中的麥克風。

「器材出問題了嗎？」

我首先這麼想。然而當我看到齋川下一個反應，便察覺並非如此了。她帶著焦急的表情不斷開閉嘴巴，卻發不出聲音。不，如果仔細豎耳傾聽，還是可以些微聽見——齋川沙啞的聲音。

「……偏偏挑在這個時候發生啊。」

之前就有這樣的預兆了。

齋川偶爾會感到喉嚨不適，看來是過於緊湊的行程安排讓她搞壞了身體。

「齋川……！」

會場開始騷動。工作人員們也慌張地到處奔走。要暫時停下音樂嗎？但那樣做有可能讓現場氣氛變得更糟。樂聲即將進入副歌的部分了。

「——未來的腳步聲　往前奔出般的　奇蹟」

我清楚聽見了歌曲的歌詞——就從我旁邊傳來。

是夏凪。她唱著《夢想＝未來》。

當然她手中沒有什麼麥克風之類的東西，所以歌聲並沒有傳遍全場。

可是……

「……！」

在遠處舞臺上的齋川表情驚訝地環顧會場。

當副歌結束，進入曲子的第二段主歌部分時，整個會場的人都唱起歌來了。大家代替齋川唱著《夢想＝未來》，揮舞手中粉紅色的螢光棒。偶像·唯喵一如往常的演場會風景，此刻就呈現在眼前。

夏凪見到那景象便感到放心似地吐了一口氣，彷彿把接下來的任務託付給其他觀眾。

「妳用了《言靈》的力量嗎？」

大概是她將靈魂注入自己的歌聲、話語中，傳播到整個會場的吧。海拉的一部分能力至今依然留在夏凪的喉嚨。

「不對喔。」

然而，夏凪對我的推理搖搖頭。

「這是因為在會場的大家都很喜歡小唯，想要支持她、為她打氣。」

嗯，說得對。這種回答比較美啊。

◆失去的寶物

齋川的演出時段結束後，我和夏凪立刻離開座位來到後臺休息室。

茫然坐在椅子上的齋川一見到我們，便皺起臉露出悲傷的表情。

「不要擔心。」

夏凪跑過去緊緊抱住齋川。

「……凪、小、小……姐。」

齋川把臉埋在夏凪懷中。她沒有哭，但是聲音極度嘶啞。對於已經聽慣她平常聲音的我來說，實在是難以置信的狀況。

但她究竟從什麼時候變成這樣的？假如在上臺之前就是這樣的聲音，我不認為她會那樣泰然自若地登上舞臺。

到頭來，獻唱主題曲的活動在粉絲們的大合唱，搭配齋川歌聲以外的肢體表演勉強撐了過去。然而那絕不表示一切都獲得解決了。現在的齋川很明顯遇到問題。

「去醫院一趟吧。」

我和夏凪帶著齋川離開休息室，但同時必須思考應付媒體的對策才行。我們可不希望被狗仔亂挖消息，恣意寫成什麼聳動的報導。

為了保險起見，我們請齋川家的專屬司機準備一臺替身車輛當成誘餌，我們則是搭乘《黑衣人》的車前往熟悉的醫院。

「拜託你一定要在啊，史蒂芬。」

前往就我所知最強的名醫所在之處。

幾十分鐘後，我們抵達了同時也是希耶絲塔住院地點的那間醫院。

從結論來說，很可惜史蒂芬並不在這裡。然而或許該說是不幸中的大幸，這裡還有另一位醫生能夠為齋川診斷。這位代替史蒂芬的醫師是跟他頗有淵源的男人，也是我姑且認識的人物。

「然後呢？齋川的症狀如何——德拉克馬？」

在診療室中，我一個人如此詢問眼前的醫師。

密醫——德拉克馬。他是前《SPES》的研究設施負責人，對於夏凪和希耶絲塔來說是有過一段恩怨的對象。然而《SPES》解體之後，他成為一名跟檯面下世界有所交流的醫生，在史蒂芬的指示下也曾負責治療莉洛蒂德。

「應該是失聲症吧。」

德拉克馬寫著桌上的病歷並如此告訴我診斷結果。

「雖然只是說明得簡單一點而已。這是由於包含壓力在內的種種精神創傷因素導致患者無法順利發出聲音的現象。明明咽喉和聲帶都沒有什麼特別的異常，聲音卻會忽然變得沙啞或發不出來。」

……壓力造成的精神創傷。果然因為她過度操勞了嗎？還是說……

「那跟運動失憶症（YIPS）不一樣是嗎？我有時候在新聞上會看到運動選手忽然無法做出平常習慣的動作，或者歌手突然變得無法唱歌之類的。」

「假如是運動失憶症，應該只會在特定動作的狀況下，發生不隨意運動症狀。例如美容師變得握不起剪刀，或者鼓手變得無法揮動鼓棒等等。但這次患者的狀況不僅限於唱歌的時候，在其他狀態下也無法發聲。因此這不是運動失憶症。」

「那麼假設齋川真是如你所說患了失聲症，她能治好嗎？」

「要說是否跟一般病狀一樣乖乖靜養就能治好嘛──這症狀無法如此斷定。」

我心中的希望當場被擊碎。

「假若是運動失憶症好了──或者用醫學名稱來講叫做局部性肌張力障礙──這是很明確的腦部疾病，因此反而已經確立出一套科學性的療法。然而換作是像失聲症這種精神層面因素導致的疾病，就沒有一套絕對的治療方法。」

「意思說現在齋川患了心病嗎？」

「如果是史蒂芬醫生，或許會稱作『心癌』就是了。」

最起碼需要休養一個月──德拉克馬如此表示。又說後續治療等那之後再講。

就在這時，我背後的門被打開。

「……請、等、等……一、下。」

傳來的聲音沙啞得令人同情。

轉頭一看，出現在門口的是表情彷彿隨時都要哭出來的齋川，以及陪伴在她身邊的夏凪。

齋川拚命向德拉克馬訴說──現在自己絕對不能休息。自己不能讓新歌連續發行的企劃停下來，也要繼續參加音樂劇的排練才行。因此自己現在沒有時間休息──她用幾乎聽不見的聲音悲切吶喊著。

「過去也曾有過因為那樣勉強自己，導致終身再也無法發出聲音的病例。」

德拉克馬冷靜的診療態度讓齋川一時屏息。對於偶像歌手來說，無法發出聲音究竟代表什麼意思，齋川本人肯定比誰都清楚。

「齋川，只要好好說明，粉絲和工作人員們肯定都會理解的。」

然而她卻搖搖頭。

「……偶、像、必須……永、遠、是……大家、理、想、的存、在、才行……」

縱然聲音嘶啞，即便話語頓停，齋川依然從喉嚨深處擠出自己滾燙的信念般說著。

「所……以、請讓、我、保持……一個、完、美、無缺、的、偶像……」

她口中無法繼續講下去，於是她取而代之地深深鞠躬低頭。

「小唯……」

夏凪溫柔輕撫齋川的背，讓她重新抬起頭。

我則是在腦中尋找著話語。足以將我平常總是單方面從齋川身上獲得的鼓勵與恩情加倍奉還的話語——然而，世界卻不給我那樣思索的時間。

——轟！

比天花板更高的地方傳來爆炸聲響，整棟建築物劇烈搖晃。夏凪與齋川都驚訝得睜大眼睛，相對地德拉克馬則是察覺什麼似地把眼瞇起來。

「發生什麼事？」

對於我的提問，不知準備打電話給何處的德拉克馬回答：

「你們小心。《世界之敵》登場了。」

◆王與女王

將齋川託付給德拉克馬後，我和夏凪為了確認爆炸聲響的原因而前往醫院頂樓。搭乘電梯來到四樓，再爬樓梯上去。

「要上囉，夏凪。」

打開門，眼前是日落後的頂樓景象。仔細想想，去年聖誕節我就是在這裡遇到魔法少女莉洛蒂德。然而現在跟那時的狀況完全不同。頂樓就像有什麼東西爆炸過一樣燃燒著藍白色的火焰。然後在那中心——看到了敵人。

身穿藍色洋裝跪在地上的女性。彷彿祈禱似地緊緊交握雙手、閉上眼睛。一頭銀白色的長髮散開在水泥地板上。

《死靈術師》伊莉莎白——雖然對方沒有報上名字，但我直覺這麼認為。不同於史卡雷特口中描述吸血鬼的「紅與黑」印象。

伊莉莎白是「藍與白」，包覆著她的藍白色火焰看起來甚至宛如冰雕。

「妳的目的是什麼，伊莉莎白？」

我與對方保持某種程度的距離，如此詢問女吸血鬼。結果她緩緩把緊閉的雙眼睜開。只有那對眼眸呈現燃燒似的赤紅色。

「——多說無益。讓我吃了你。」

伊莉莎白張開塗有口紅的雙脣。

隨著空氣震動傳來一股殺氣。伊莉莎白站起身子後我這才發現，她沒有右腳。大概是在什麼地方戰鬥而缺損，現在又失去了足夠讓傷勢復原的能力吧。

即便如此，依然只靠一隻左腳站起來的她將身體往前傾，用捕捉獵物的眼神看著我們。不用想也知道她接下來會如何行動。但就算知道了，我也不認為自己有辦法躲開。

「——妳從那裡一步也不能動。」

伴隨銳利的話語，赤紅的眼睛綻放光芒。但那道紅光不是來自伊莉莎白，而是我身邊這位少女的眼睛。

「……！」

伊莉莎白頓時表情痛苦，宛如岩石般當場僵住。

夏凪發動了《言靈》的力量。

「嗚、區區人類——出來，該你們上場了！」

然而伊莉莎白立刻表情一變，不知對什麼人下令代替無法動彈的自己。

「……哦哦，對了。是你們啊。」

猶如從藍白色火焰中爬出來的，是之前在夜晚的公園中也遇過一次的細瘦木乃伊。另外又一具接一具地，木乃伊們沿著醫院外牆爬上頂樓。他們全都跟伊莉莎白一樣甩動著長長的白髮。

「我明明聽說吸血鬼製造的《不死者》，應該會保留著生前的本能復活才對的說。」

然而眼前這些木乃伊感覺並沒有自身的本能或意志，只會遵從伊莉莎白的指示。

「哈！本來是那樣沒錯。但我會把那本能都吃個精光之後再讓它復活。畢竟不會聽從主人指示的眷屬根本不適合當士兵對吧？」

依然被《言靈》束縛而無法動彈的伊莉莎白原地露出冷豔的笑容。

「……所以那些木乃伊才會這麼乾瘦啊。」

之前風靡小姐也說過在這附近一帶發現許多化為木乃伊的遺體，那些應該就是被伊莉莎白吸取了過多的力量而途中倒下的人吧。

「伊莉莎白，妳殺了這街上的人們做成木乃伊？」

「我不記得是在哪裡做的了。這些傢伙只要一旦成為傀儡人偶，就會甚至翻山渡海都擅自跟著我。來吧，你們，給我盡情舞蹈！」

不知不覺間，我和夏凪已經被十幾具木乃伊團團包圍。夏凪的赤紅眼眸瞪著他們，靠《言靈》下令不許靠近。可是木乃伊軍團依舊沒有停下動作。

「哈哈！人類的話語怎麼可能對那些傢伙管用。」

伊莉莎白如此嘲笑。意思說這些木乃伊只會聽從他們主人的命令。

「這種人生結局，再怎麼說都太討厭了。」

夏凪緩緩後退靠近我並如此呢喃。

「我也深感同意。」

我抓起剛剛過來之前德拉克馬交給我的手槍，朝步步逼近的敵人之一開槍——但是不死之身的木乃伊光是腳部中彈這種程度根本不會停下來。

「我說，君塚，要不要至少留下一點回憶？」

「嗯，假如是外國電影，我記得像這種時候最常做的就是接吻吧。」

我和夏凪相視一笑，不過……

「那樣好不容易得救之後又會彼此尷尬，所以我想這次還是算了。」

木乃伊們忽然停下動作。夏凪和伊莉莎白都驚訝得瞪大眼睛。在場只有我知道，其實這間醫院的頂樓有某位正義使者留下的東西。

「謝啦，莉洛蒂德。」

水塔上綻放著淡淡的水藍色光芒。

在那裡放有一枚能夠驅逐各種怪異現象的符板。去年聖誕節——當我在這間醫院差點被百鬼之一的《寄生靈(Parasite)》附身時，莉露設置了那個玩意做為對策。那個水藍色的光芒是一道阻止魑魅魍魎失控傷人的結界。

「虧你們能撐下來，人類。」

然後這裡還有另一名能夠幫忙打破現狀的正義使者。

烈風掃過，眼前好幾具木乃伊一口氣腦袋搬家了。

「你太慢了吧，史卡雷特。」

與我們締結同盟的吸血鬼之王總算現身。我忍不住對著他的背影如此抱怨……但稍遲一拍才發現，他那套白色西裝上染有鮮紅色的血液。

「雖然我不覺得自己有輕忽大意，但出乎預料地被拖住了腳步。」

「你來這裡的路上被木乃伊襲擊了嗎？」

「不，我遭遇的是比那更難搞的對手。看來敵人準備了些小把戲。」

史卡雷特說著，朝伊莉莎白瞥了一眼。而對手也用冰冷的眼神回瞪他。

「——背叛者猶大。」

事到如今，他們不會講什麼『好久不見』之類的問候。

然而雙方的視線更勝言詞地訴說著彼此的恩恩怨怨。

「妳傷得可真重啊，伊莉莎白。」

「先瞧瞧你自己再講那種話，史卡雷特。」

彼此都受了傷的吸血鬼之王與女王，保持著一定的距離互相對峙。

「原來妳只能夠製作這些劣質的木乃伊只是一場偽裝的假戲。」

史卡雷特吐出口中的鮮血，瞪向伊莉莎白。

「儘管為數眾多，但居然能夠傷害我到這種程度，可見絕非凡夫。來這裡的途中企圖拖住我的那些傢伙到底是什麼？」

「世界各地的死囚。」

對於史卡雷特的問題，伊莉莎白立刻回答。

「當然，要加上個『前』字就是了。」

「原來如此。一群生前本能是殺人的傢伙啊。怪不得就算手被扯斷、肚子被開洞，還依然那樣死纏著想要咬斷我的脖子。」

聽到伊莉莎白公布的謎底，史卡雷特當場理解地淡淡一笑。在他頸部可以看到尚未完全復原的傷痕。

「妳準備得可真是周到。試圖間接與藍寶石女孩接觸的也是妳對吧，伊莉莎白？」

「哈！因為我看你似乎很熱衷那個丫頭呀。所以我讓眷屬去接觸，想瞧瞧你會有什麼行動，哪知道竟然只釣到了根本毫無關係的區區人類。」

伊莉莎白一臉唾棄地朝我看了一眼。

難道說史卡雷特打從最初就知道這件事了？所以只會把護衛齋川的工作交給我或《黑衣人》，極力不讓自己現身……

「然後妳刻意挑選這間醫院當成最終的戰場，是因為這裡集結了許多跟我有關的人物？」

「沒錯，我不會輕忽大意。我會採取萬全的措施，在這裡擊倒你。」

伊莉莎白的身體擺出前傾動作。夏凪的《言靈》束縛逐漸要被突破了。

「這樣啊。那麼我看來是誤會了妳這女人。」

史卡雷特小聲呢喃，往前踏出幾步。

伊莉莎白則是對他皺起眉頭。

「你在笑什麼？」

蒼白之鬼背對著我，從這角度看不見他的表情。

不過原來這男人正在笑嗎？

「哈！我當然要笑。伊莉莎白，妳這傢伙——**在怕我是吧？**」

伊莉莎白頓時睜大赤紅的雙眼。

「為何妳要特地拿藍寶石女孩當誘餌釣我出來？——因為要是沒有人質，妳就沒自信能贏過我。為何妳要派強大的死者士兵來偷襲我？——因為光靠妳一個人對我沒有勝算，所以想要事先多多少少讓我受一點傷。」

從史卡雷特的左肩出現一枚黑色的翅膀。

「搞些拐彎抹角的計策，派遣奴隸士兵代替自己出手，又挑選人質較多的戰場迎擊我這個仇敵——**卻忘了好好磨練自己最重要的實力**。」

這種女人根本不足為懼——史卡雷特如此嘲笑。

「妳絕對無法成為什麼吸血鬼女王。」

「多說無益。看我吃了你！」

伊莉莎白單腳跳起，史卡雷特展開片翼迎擊。

世上現存最後也最強的兩名吸血鬼就此開戰了。

◆救世性戲劇論

兩名吸血鬼之間為時短短數分鐘的交手，對於只是人類的我來說卻感覺有如千載。想必因為那毫無疑問是一場用性命在搏鬥的景象。

激烈異常的戰鬥在我們眼前展開著。雙方的手臂、腳足、銳牙頻頻切砍削剝彼此的身體，然而某種程度的傷口都在轉眼間復原。無論史卡雷特或伊莉莎白，感覺都對出血與疼痛毫不在乎。我和夏凪當然半點也沒有介入其中的機會，只能在一旁觀望著這場怪物之間的戰鬥。

「吶，君塚，史卡雷特是不是從剛才看起來就只有展開左邊的翅膀呀？」

夏凪躲在水塔後面如此小聲問我。確實，據說是由《發明家》提供給史卡雷特的那對黑色翅膀，現在只有展開其中一邊。

「會不會是過來這裡的路上戰鬥受傷了？」

「很難講。不過他看起來明顯一邊掩護著右半邊的身體一邊戰鬥呢。」

雖然不到齋川那個藍寶石之眼的程度，不過夏凪也用紅寶石般赤紅的眼睛分析著戰況。曾有一段時期以海拉的身分騁馳戰場過的她，至今依然可以看見常人所無法見到的景象。

「原來如此，那我就把你剩下的另一邊翅膀也扯下來。」

伊莉莎白同樣察覺出史卡雷特的異常，眼神頓時綻放妖豔光彩後，本來已經倒在地上的幾具木乃伊忽然又站了起來。那些不死之身的眷屬們一起撲向史卡雷特，纏住他的手腳製造一瞬間的破綻。

就在這時，伊莉莎白早已高高躍起。她原本失去的一隻腳如今再生到可以看見骨肉的狀態。

「你好死不死偏偏與那個科學家共謀。啊啊，簡直令人火大。」

伊莉莎白如此說著，用沒有受傷的那一隻腳朝史卡雷特踹出宛如刀砍般銳利的一踢。

「————！」

史卡雷特用單邊的翅膀防禦，但依然被對手的腳勁貫穿。

他當場全身飛向後方，黑色的翅膀碎片飛舞在空中。《發明家》提供的翅膀粉碎得慘不忍睹了。

「對我們一族來說才沒有什麼自己人。政府也好、科學家也好、人類也好，全部都是敵人！」

伊莉莎白緊接著如疾風般往前衝刺。手中沒有任何武器。她根本不需要什麼武器，舉起的右手臂本身就是能夠刺穿獵物的長槍了。史卡雷特搖搖晃晃地勉強站起身子。雙方即將交錯。

「——嗚。」

伴隨短促的呻吟，勝負已分。**全身跪倒在地上的是伊莉莎白**。

相對地，史卡雷特的右手握著一把形狀奇特的太刀。剛才明明還沒有那個東西，是一把宛如用鮮血凝固做成的赤紅太刀。

「在戰場上，欺瞞了對手的一方才是贏家。」

那武器也是史蒂芬的《發明品》嗎？或許就跟那對翅膀一樣具有光學迷彩的功能。然而輸家無權知曉其中的原理。被太刀砍傷的伊莉莎白趴在水泥地板上激烈吐血。

「伊莉莎白，妳是贏不過我的。」

被鮮血染紅白色西裝的史卡雷特冷淡俯視著敗北者。

「妳和我的等級完全不同。弱者再怎麼拚命也不會贏過強者。命運是無法顛覆的。」

「——！」

「接受自己的宿命吧。妳反而應該感到驕傲，因為妳已盡享了天年。」

升天去吧——史卡雷特如此說道。他此刻想必準備達成自己身為《調律者》的任務——消滅邪惡的吸血鬼。

「……我才不會升上天。下地獄就行了。」

伊莉莎白吐著血，搖搖晃晃地站起來。

「妳不專心復原內臟的話會死喔？」

「宣告我壽命已盡的不就是你嗎？我最後要靠自己的腳站著，完成我的使命。」

伊莉莎白如此說著，瞪向眼前的史卡雷特。

「**我要把接連殺害無辜同胞的背叛者一起拖下地獄！**」

我一時之間還聽不懂她在說什麼。

史卡雷特接連殺害了無辜的同胞？

不對，不可能有那種事。

「史卡雷特身為《調律者》，應該只有討伐邪惡的吸血鬼而已……」

然而蒼白之鬼見到我和夏凪動搖的模樣，嘲笑了一瞬間。

是從何時開始的？

我們是從何時開始誤解事實、被他欺騙了？

『凡事不一定都能判別紅與黑。』

以前史卡雷特說過這樣一句話。難道我從那時候就已經被吸血鬼巧言誤導了嗎？不自覺間變得避開追求真相或答案了？

「我發誓過，即使不擇手段也要阻止你。用所剩無幾的壽命，絕對要守護同族到底！」

伊莉莎白臉上充滿怨恨地吐露心聲。這構圖簡直完全顛倒了。

伊莉莎白才是正義，而史卡雷特是邪惡——

「為什麼！史卡雷特是為了什麼目的到處殺害無辜的吸血鬼？」

那樣做究竟有什麼好處？

「很簡單。」

為我解答疑問的，是伊莉莎白。

「就是為了讓他自己一個人能夠存活在世上。吸血鬼這個種族自古以來就在《聯邦政府》的指令下註定遭受毀滅……但是這男人藉由讓自身成為《調律者》承接那項使命，**換取唯獨自己能夠生存下去的公認許可！**《吸血鬼》這種王八蛋的職位名稱，就是政府認同他成為世界上唯一一個吸血鬼的證明……！」

伊莉莎白流著血淚大聲控訴。

相對地，史卡雷特則是什麼話也不說，始終面無表情。戰鬥已經結束，現在史卡雷特只要靜靜等待伊莉莎白耗盡壽命就行了。

「但是史卡雷特，我告訴你。《聯邦政府》絕對會背叛你。」

伊莉莎白調整著急促的呼吸，將局面帶入對話。史卡雷特感覺像是願意聆聽對方說話似的，表情微微動了一下。

「這是去年，我藉由拷問一名《調律者》得到的情報。那傢伙似乎在《聯邦政府》的命令下，從事祕密抹殺《吸血鬼》的行動。至於動手時機，就是當你把所有吸血鬼都消滅之後。政府那幫人打從最初就抱著把你用完即扔的打算了。」

「哦？妳說的那名《調律者》是？」

史卡雷特瞇起眼睛詢問。

詢問那個曾經企圖抹殺自己的《調律者》究竟是誰。

「就是《革命家》佛列茲·史都華。」

出乎預料的名字忽然冒出來，害我驚訝得肩膀一抖。

夏凪則是問了一聲「誰？」於是我簡單扼要向她說明。過去曾經有個男人擔任《革命家》這個職位，從檯面上與檯面下干涉雙方世界的政治。然而在去年夏天，我跟隨希耶絲塔認識的佛列茲竟是《怪盜》亞森扮成的假貨。

當時《革命家》佛列茲·史都華早已死了。

「原來如此，殺掉那傢伙的是妳啊，伊莉莎白。」

史卡雷特察覺了這個真相。當時《怪盜》說過自己不是殺害佛列茲的凶手，沒想到那句話會在這時候扯上關係。

「這下你明白了吧？」

伊莉莎白拖著腳，往史卡雷特逼近一步。

「《聯邦政府》是敵人。《調律者》也是敵人。生而為鬼的我們一族在這世上根本沒有同伴，沒有容身之處。所以……」

一起走吧——她說著，輕輕展開手臂，露出微笑。

「史卡雷特，到頭來你也只是被政府利用完就扔掉的走狗。但我們是同族，同是早死的種族。是身上流著同樣的血，能夠互相理解相同的痛與罪，獨一無二的同胞。」

伊莉莎白一步一步靠近史卡雷特，接著……

「到了地獄大家都是一樣。我們在死後的世界尋找幸福吧。」

噗哧！——低沉的聲音傳來。

伊莉莎白的右手臂貫穿了史卡雷特的腹部。

「史卡雷特！」

我忍不住大叫往前衝去，卻被夏凪伸手制止。

最終倒下的，又是伊莉莎白。

「為、什麼……」

「妳打算吃掉我，一個人活下去對吧？」

看著跪在地上的伊莉莎白，史卡雷特表情陰暗。明明應該貫穿了他腹部的右手猶如蒸發似地溶解消失了。

「……哈！你連自己的體內都藏了毒嗎？真高招。」

伊莉莎白察覺對手的計策，笑了出來。那是唯有具備非凡再生能力的吸血鬼之王才能夠辦到的伎倆。

「……什麼嘛，這就是我人生的最後呀。**這種結局就是我被賦予的戲分嗎？**」

我並不是什麼英雄嗎？

伊莉莎白仰望著天空，如此呢喃。

「哈哈！」

哈哈！哈哈哈哈哈！

哈哈哈、哈哈哈哈哈哈哈哈哈哈哈哈哈哈哈哈哈哈哈！

她嘴角流著鮮血，放聲大笑。最後……

「動手吧，王。」

霎時，史卡雷特的赤血太刀砍下了伊莉莎白的腦袋。

◆Vampire Rebellion

伊莉莎白的遺體不消幾秒鐘便原形盡失。

被砍下的首級與殘留的軀體各自從斷面冒出火舌，轉眼間就被藍白色的烈焰燃燒殆盡了。這究竟是表現出史卡雷特甚至連一點肉塊都不讓敵人留下的無情殘酷，或者恰恰相反，是為了不要讓女王的遺骸繼續被人看見所以一瞬間葬送了她？真正的答案我們不得而知。

戰鬥結束後，史卡雷特目不轉睛地盯著伊莉莎白燒盡消失的地方，不發一語。

「——喂，君塚，你看那邊。」

片刻寂靜之後，事態急轉。

朝夏凪所指的方向看去，遠處空中有幾架直升機正朝這裡飛來。而且不是一般的直升機，是呈現暗色迷彩外觀的軍用直升機。而那些機關炮直指的目標是——

「看來我被認定為《世界之敵》了。」

史卡雷特抬頭瞪向夜空。

「伊莉莎白的諫言成真了是吧？就像以前的新娘候補也曾預料過的。」

……以前的新娘候補？那就是指……

「希耶絲塔知道這件事？知道史卡雷特會成為《世界之敵》？」

我記得預言《吸血鬼叛亂》的《聖典》中應該沒有提到史卡雷特的名字才對。可是希耶絲塔從以前就確信事態會變成如此了？

「君塚！」

夏凪拉扯我的手臂，讓我想起現在不是動腦思索的時候。

逼近眼前的直升機已經將機關炮確實瞄準史卡雷特。這樣下去連我們都會遭殃。

「……別開玩笑了。」

就在我跟夏凪一起躲到水塔後面並摀住耳朵的瞬間，伴隨激烈的爆炸聲響傳來震撼地板的衝擊。從天而降的彈藥轟炸持續了幾十秒，攻勢總算停息之後，我依然被震得全身使不出力氣，好幾秒鐘站不起來。

「史、史卡雷特！」

在水泥燒焦的氣味中，我掩著鼻子確認狀況。濃煙消散，露出焦黑的地板。那塊被掃射過的地方另外能看到一個**長約三公尺、外觀有如紅色蟲繭的物體**。

是血——夏凪如此呢喃。

吸血鬼用血製造出來的繭。那是史卡雷特身為吸血鬼本身具備的能力，還是史蒂芬為他提供的武器？不管怎麼說，總之那個繭完全擋下了剛才那波轟炸。

戰況又繼續發展。赤血之繭上出現龜裂，緊接著有如內部爆裂般炸開，讓繭的破片呈現放射狀飛散攻擊停留在空中的直升機。巨大破片當場命中旋翼，失去控制的機體往下墜落。

我忍不住閉眼塞耳，沒多久後便不出所料地傳來劇烈的爆炸聲響。接著當我再度睜開眼睛，就看見吸血鬼之王站在剛才那個繭所在的地方。

夜風吹拂中，史卡雷特金色的眼睛仰望天空。

「原來如此。這就是你們準備的舞臺啊。」

他用手遮掩臉部，但嘴角笑著。

「很好，那就宣戰吧！」

蒼白之鬼猶如站在舞臺上的戲劇演員，展開雙臂吶喊。

朝著遠方的夜空，彷彿對著肯定在什麼地方監視著自己的《聯邦政府》提出宣告。

「從此刻起，我會在七十二小時內鎮壓密佐耶夫聯邦位於阿拉斯加的一部分領土！而這項作戰行動已經開始了！」

下個瞬間，夏凪的手機響起。

「嗚！君塚，你看！」

她拿給我看的是《聯邦政府》透過《黑衣人》送來的新訊息。點擊訊息中的連結便打開了一段影片。

「……這就是密佐耶夫聯邦的領土？」

畫面映出燒焦的建築物以及持續延燒的街道。恐怕是利用無人機空拍的影像中可以看到一大片荒廢的市區。

街上沒有人，不過取而代之地有一群死者。

至今已經看過好幾次的一群由史卡雷特創造出來的《不死者》，正握著武器往前行進。街道的那片慘狀很明顯就是出自他們之手。

「史卡雷特，這些《不死者》是誰？……難道說，你殺害了這麼多無辜的人類嗎？」

「哈！那種擔心是多餘的。」

史卡雷特對我的質問一笑置之。

「出現在那畫面中的都是我至今做為《調律者》殺掉的同族們。他們肯定也是得償所願吧，畢竟能夠復活成為我的眷屬參加戰鬥啊！」

我霎時不寒而慄。如今我才總算理解『吸血鬼叛亂』真正的意思。

史卡雷特將他的同族全數葬送之後，讓他們復活成為自己的眷屬，藉此創造了一批沉默軍隊。

「他們原本是我借給密佐耶夫聯邦當成領地守軍，但事到如今已經無法避免與政府軍交戰了。我也盡快趕到臣民的身邊去吧。」

做為吸血鬼之王啊——史卡雷特說著，準備從舞臺上離去。

「等等！——你是為了什麼？」

夏凪這時往前踏出一步。

「為了向《聯邦政府》復仇嗎？為了取代人類支配世界嗎？你真正是為了什麼目的前往戰場？」

「我們這些眾生萬物都只是享受著自己被分配到的角色，在有限的舞臺上起舞罷了。其中沒有任何意義，沒有任何理由。《名偵探》，妳也是一樣才對。」

就在這時，通往頂樓的門被用力撞開，傳來大量腳步聲。

是穿著深色西裝的男人們——《黑衣人》。

他們一起舉槍，瞄準史卡雷特。

「好，那樣就好。你們終究也只是在這世界上扮演著齒輪的角色。」

史卡雷特如此表示後，展開黑色翅膀。那是他在與伊莉莎白交手的過程中一次都沒用過的右邊翅膀。**在翅膀內側有一名少女**。

「希、希耶絲塔！」

史卡雷特用右手抱著沉睡的偵探。

原來他剛才一直都把希耶絲塔藏在那透明的翅膀中，一邊保護著她一邊戰鬥嗎——

「——等等！史卡雷特！」

我伸出手臂，夏凪也趕緊讓赤紅的眼眸發光。

然而，遲了一瞬間。

吸血鬼的金色眼瞳看向夏凪，結果她霎時失去了聲音，失去了《言靈》。

那恐怕不是什麼吸血鬼的特殊能力。

而是由於做為生物明確的等級差距、實力差距所致。

「《新娘》我就帶走了！」

面對把希耶絲塔當成人質的敵人，我和《黑衣人》都無法開槍。

被鮮血染成赤紅的吸血鬼就這麼彷彿溶入黑夜般消失了。

【15years ago Scarlet】

「西邊的小鎮也被燒掉了。」

珍妮喝著葡萄酒如此說道。我們在一處荒廢的破爛小屋中，從大白天就喝起酒來。這街上已經沒有人會責備我們這樣的行為了。

救世主大人從大約三個月前就行蹤不明。不知是在哪裡曝屍荒野，還是捨棄了這座小鎮。不管怎樣，反正對我來說都無所謂就是了。

「聽說下個被盯上的是北方的小鎮。」

「是喔，妳消息可真靈通啊，珍妮。」

「是你太不關心事物而已吧，猶大。」

我們互相淡淡一笑。如今既然那老頭子已經消失，其實應該已經沒必要再用那些名字互相稱呼了。但這就是所謂的習慣吧。

「我們這裡或許也快要不保囉。」

據她說，最近我們族人的數量似乎又驟減的樣子。大概是正義使者也開始認真起來了。吸血鬼滅絕的一天或許就近在眼前吧。

「聽說有些地方開始在建立獨自的反抗軍組織呢。你有沒有聽過戰士伊莉莎白的傳聞？」

「哦哦，好像是一名年輕女吸血鬼的革命家是吧？」

據說在遙遠的某個地方，為了對抗獵殺吸血鬼的正義使者而建立了一批自衛軍。而那個軍隊的年輕領導者是一名叫伊莉莎白的少女。假如她真的能夠實現革命行動，也許遲早有一天會被稱為女王。

「猶大不參戰嗎？」

少女籠統地如此詢問。

大概是在問我有沒有意思加入伊莉莎白率領的軍隊吧。

「我知道，你其實比任何人都強。」

「珍妮希望我去參戰嗎？」

「我希望你不要死。」

這可真是個難題。要為了生存而戰，還是蠻勇奮戰而死。

到頭來，我們這個種族是否終究背負著那樣無法改變的宿命？

「妳真的認為我能贏過敵人嗎？」

「嗯～應該贏不過吧。」

我忍不住瞪向旁邊，結果珍妮臉蛋泛紅地微笑著。看來她喝醉了。

「只要你有那個意思，或許不會輸給任何兵器，不會屈服於任何生物。但是，**你終究贏不過這個世界本身。**」

是啊，沒錯。吸血鬼是必須滅絕的存在——既然世界已經如此決定，我們不論怎麼抵抗都敵不過。遲早必定敗北。

「我其實也知道，我很清楚。所以才會在這裡喝葡萄酒呀。」

珍妮咧嘴一笑。不久前，她明明說過不一定世界上所有人都是敵人，但如今……

「在壽命到來之前，妳的喉嚨會先掛掉啦。」

我隨便開了個玩笑。雖然也不是為了掩飾什麼。

「適量飲酒反而對健康好喔。」

「妳喝的量真的算適量嗎？」

「對吸血鬼來說，或許吧。」

假如說不喝個酩酊大醉就幹不下去，那簡直就跟人類一樣了。

人類總會沉醉於美酒、音樂、文學、藝術。

「但我偶爾還是會覺得很不甘心，想說有沒有辦法給這世界來個出其不意。」

「出其不意？」

「對，就是要欺騙這個世界。」

我默默催促她繼續講下去。

「生而為吸血鬼的我們，受盡這個世界的詛咒與迫害。明明被創造得跟人類這麼像，卻遠比人類早死。但這次換成我們反過來欺騙世界，嚇它一大跳。如何，你不覺得很有趣嗎？」

「欺騙世界的方法啊，我一下子還想不出來。」

「反正每天都過得這麼閒，思考這種事情消磨時間也不壞吧？」

「那就是珍妮的夢想嗎？最後欺瞞世界一場。」

「夢想、呀。呵呵，沒想到猶大會講這種話。」

「當初是妳先講的啊。」

不過最近我讀過的文學作品就是在講這樣的內容。

那與其說夢想，或許該說是野望。在歷經革命後的君主專政時代，原本目標成為軍人的一名少年，為了當個飛黃騰達的聖職人員而賭上自己的生涯——就是這樣一篇故事。

「我的夢想或許是在大中午太陽高掛的露天咖啡店享受美味的紅酒吧。」

「那已經實現一半了吧。」

光是今天，她就已經喝掉了一瓶的酒。雖然太陽對於現在的我們來說太過耀眼就是了。

「當然，還要有你在身邊。」

「那也已經實現啦。」

我的肩膀頓時感受到一顆頭的重量。

僅只如此，別無其他。時光緩緩流動著。

「我的心願是不是幾乎都已經實現了呀？」

「若真如此，還真是個無欲無求的女人。」

「那就再加一條。」

「嗯，說來聽聽。」

結果珍妮把臉湊過來，在我耳邊細語。

她說出口的是我完全沒有預料到，唯有等到遙遠的未來才有可能實現的心願。

我還以為珍妮會懷抱例如讓她那份興趣或者說特技得以發揮的夢想，但看來那樣的想法太輕率了。

「…………」

我又再次講不出話來。

對於她那樣永遠難以實現的夢想，我無法說出自己的想法。

一直都是這樣。我總是在尋找話語，卻從未找到過。從來沒有一次能思考出自己確定是正確答案的話語。

——既然如此……

「我來協助妳實現妳所謂的夢想吧。」

珍妮驚訝地睜大眼睛。

既然想不出話語，就只能動自己的手、自己的腳，起而行之。

「為什麼猶大願意為了我做到那種地步？」

「因為我——」

——我思索著。何故自己想要實現她的夢想、她的心願？

因為對於舉目無親的我來說，她是從我懂事以來唯一陪伴在身邊的同年齡存在。因為她那充滿知性、為人誠懇、大膽豪放又性格高尚的特質，會讓人想要把自己的什麼東西託付給她。因為我希望讓自己做為吸血鬼這三十年的生涯能夠有所意義——都不對。

「沒什麼大不了的。只是單純的心血來潮。」

終究沒有答案。根本不需要什麼答案。

話語這種東西，到頭來也是人類創造的概念。

「真像你的作風呢，猶大。」

「保持妳的作風活下去吧，珍妮。」

少女輕輕把臉埋在我的胸膛。

我只管行動就好。持續不斷行動。直到哪一天耗盡這條命，迎接最後那一瞬間為止。

【第四章】

◆不夜城與新娘

史卡雷特和《聯邦政府》對立後過了十天。密佐耶夫聯邦位於阿拉斯加的領地被《不死者》軍團攻陷大半，並且利用原本就存在的宮殿建起了一座城堡當成據點。

那座吸血鬼之城，名為《不夜城》。

城主為吸血鬼之王——史卡雷特。

本來《不死者》應該會帶著生前的本能復活才對。舉例來說，像莉露以前田徑時代做為她競爭好對手的那位少女，便是為了最後再一次撐竿跳而復活的。然而現在《不夜城》的那些《不死者》們卻都只服從於史卡雷特的指示行動。難道是使用了跟伊莉莎白同樣的方法，還是透過其他特別的手段？

縱然在這樣的狀況下，《聯邦政府》至今卻除了派遣少數保安部隊前往當地之外都沒有其他的大動作。阻止《吸血鬼叛亂》原本應該是《名偵探》的使命，但現在反而被下令中止作戰計畫。

關於這麼做的理由，《巫女》的少女如此分析：

『因為與《吸血鬼叛亂》相關的《聖典》預言，並沒有絕對預想到現在這種程度的事態。』

這是前幾天我為了這次的事件與米亞透過視訊電話討論時，聽她講過的話。關於《吸血鬼叛亂》，雖然過去的《巫女》有預言到某種程度，但並沒有記載太多具體的內容。然而由於這次史卡雷特的介入導致其危險等級飆升，讓《聯邦政府》也變更了應對方針的意思。

『不過原來學姊早就察覺到了，《吸血鬼》遲早有一天會發動叛亂。』

米亞說著，回憶過往般瞇起眼睛。她口中的學姊就是指希耶絲塔。當我把史卡雷特講過「以前的新娘候補曾經預料到這件事」的發言告訴米亞的時候，她從一開始的驚訝逐漸轉變為理解接受。

『但假如是那樣，我還真希望她最起碼能留下一點提示啊。』

我這麼開玩笑回應米亞。當然，我並不是真的想對希耶絲塔要求那麼多。畢竟她當時還必須面對《原初之種（席德）》這個更緊急的強大敵人。

『不過，學姊的言行中必有其意義。』

結果米亞彷彿抱有什麼確信似地如此表示。
『假如就連學姊當時故意毫無行動也具有什麼意義，那麼搞不好她是最終把這件事託付出去了。』
『託付？給誰？給什麼？』
『給吸血鬼之王的選擇。或者對方與未來的偵探交手的結果。』
這不是預言，只是單純的推理——米亞如此苦笑。
『所以就算我講錯也不要生氣喔。畢竟我不是偵探而是巫女嘛。』
接著我們互道『再會』後，掛斷通話。
如果米亞的假說是真的，那麼希耶絲塔究竟是從史卡雷特身上看到了什麼？知道了什麼？而把事情的了結託付給未來？但不管怎麼說，我們不能夠繼續袖手旁觀。就算被《聯邦政府》命令不要多事，我們也首先必須把希耶絲塔搶回來才行。
被史卡雷特擄走的她，現在恐怕被囚禁於那座《不夜城》中。然而在當地，史卡雷特率領的《不死者》軍團與《聯邦政府》的保安部隊正持續僵持對峙。在那樣一觸即發的局面之中，我們很難任意行動。
——然而就在事發過了十天後的現在，事態終於有了進展。我和夏凪來到希耶絲塔原本住院的那間醫院——因為她的主治醫生把我們叫去了。
到對方指定的房間打開門，便看到一整面的玻璃牆，可以窺見樓下手術房的狀況。而那間手術房剛好正在做一場手術，然後一名身穿白衣的醫生從這房間俯視著樓下的景象。

「很抱歉，請恕我一邊觀察那邊的狀況一邊跟你們講話。」

背對著我們的那名醫生——史蒂芬・布魯菲爾德對我們如此表示。我已經很習慣他每次都一邊工作一邊講話了。

「操刀的是德拉克馬？」

「對，我將一項研究交給了他。那男人姑且不論過去的經歷如何，至少技術上不容置疑。」

「……研究、嗎？不是手術啊。」

我朝玻璃的另一側稍微瞄了一眼，見到手術臺上蓋著布，只能看出一個人體形狀的起伏。

「**我們正在調查魔人**。」

史蒂芬望著手術房如此表示。

「既然來到我的地方，就是一名患者。有必要仔細檢查。」

「你說的魔人難道是那時候的《貪婪》嗎？」

聽到夏凪詢問，史蒂芬默默點頭。

那是幾個月前當我們被捲入《七大罪魔人》之戰的時候，史蒂芬為了掩護我和夏凪而交戰過的對手。我聽說那傢伙當時已經被打倒，沒想到原來被當成研究對象了。

「進入正題吧。」

我這麼表示後，和夏凪互看一眼並詢問史蒂芬：

「你說你知道了希耶絲塔的狀況，是真的嗎？」

「沒錯，我派遣的一名《黑衣人》成功溜進了《不夜城》。」

史蒂芬看著下方的手術房對我們說明。

「當然，《黑衣人》的職務有其界限，他們絕不會主動出手解決問題。因此終究只是觀察了《不夜城》的狀況而已，但至少知道了《名偵探》還活著。唯有這點是千真萬確的樣子。」

我當場放鬆肩膀的力氣。原來希耶絲塔沒事。

既然史卡雷特會刻意把她擄走，就表示應該不是想殺了她。話雖如此，但考慮到希耶絲塔目前的身體狀況，我們也不能太過樂觀。因此為了盡早確認她的安危，我和夏凪原本計畫要有所行動。然而令人意外地，出面表示願意負責這項任務的人竟是史蒂芬——

「畢竟對我來說是自己的患者遭到綁架。做為一名醫師，有責任確認患者的安危。」

——他那時候如此表示並要求我和夏凪乖乖待命。當地現場是貨真價值的戰場，絕非憑藉感情一意孤行能夠通用的場所。之前大神說過的「蠻勇是一種罪過」也閃過我腦海，因此我們才會將戰地偵查的任務託付給了史蒂芬。

然後就在此刻，我們首先最大的擔憂已經獲得化解，然而還有幾個問題尚未解明。

「史卡雷特為何要綁架希耶絲塔？」

當然，應該也有為了當成人質的打算吧。畢竟當時史卡雷特在醫院頂樓遭到《黑衣人》團團包圍。但真的只是為了這種理由嗎？

「他那時候好像早料到伊莉莎白會策劃在這間醫院跟他交手的樣子。」

夏凪回想著十天前的那場戰鬥，如此說道。

「但史卡雷特既然明知這點還故意前來迎擊對手，肯定因為對他而言，這裡也是個交手的好地方。更進一步說，在戰鬥中趁亂拐走希耶絲塔，打從一開始就是他的目的。」

這些是我們今天來這裡之前想到的假說。

「但我們還是搞不清楚那個理由。為何史卡雷特要固執於希耶絲塔？他所說的《新娘》究竟是什麼？」

現場沉默半晌。最後還是望著手術狀況的史蒂芬開口說道：

「史卡雷特恐怕是想要解除短命的詛咒。」

「短命的詛咒？你是指吸血鬼的壽命啊。」

春假時我遭遇過的那位老吸血鬼以及之前交戰過的伊莉莎白，都講過類似的事情。最初為了當成用完即丟的兵器而創造出來的吸血鬼，有受到短命的詛咒所束縛。

而史卡雷特現在年紀是三十歲，已經快要面臨本來的壽命期限。難道他試圖要延長那個期限嗎？就像那位老吸血鬼一樣。

「那並非像吃下過量的人類血肉以延長壽命那麼單純的方法。那傢伙是企圖解除吸血鬼一族全體背負的詛咒。」

「……什麼意思？不只是讓自己，而是要讓全體吸血鬼的壽命都延長？」

居然有那樣的方法嗎？正當我如此思考的時候，夏凪開口了：

「假若目的不只是自己，而是要讓整個種族存活下去，他該不會想做出跟那時候《原初之種(席德)》同樣的事情？」

席德當時的行動目的是為了守護做為種族的生存本能。

而他試圖採取的手法是**確保人類容器**——難道說……

「雖然手法理論應該不同，但目標應該很相近吧。」

史蒂芬支持夏凪提出的假說，並以專家身分繼續說道：

「如果要讓短命的遺傳基因產生變化，只能靠稀釋吸血鬼這個種族的血脈。例如讓吸血鬼與人類反覆交配，經過好幾個世代，期待最終能些許改寫吸血鬼的基因——那是一項不保證會成功卻又需要漫長歲月的計畫。」

「若真如此，難道史卡雷特沒有打算延長自己的壽命嗎？」

「不，那男人既然要實行如此耗時的計畫，想必自己也會適度吃下同胞以延長一定程度的壽命吧。然後在那段期間盡可能製造子孫，稀釋吸血鬼的基因。這就是從那傢伙至今的行動原理中引導出最有可能的假說了。」

「那麼為了讓他留下子孫的另一半難道就是？」

「肯定就是他所謂的《新娘》吧。」

然後被挑上的人選就是希耶絲塔——做為人類種族的代表。

「……原來如此。如果是希耶絲塔，那項資質肯定遠比一般的人類還要高。畢竟那孩子跟我一樣，早已具備了從其他生命體吸收基因的體質。」

夏凪用力按住自己的左胸。她和希耶絲塔都曾有一段相同經歷，透過類似人體實驗的形式被人將《原初之種》的基因一點一滴移植到體內。

「所以說史卡雷特果然是為了讓自已的種族存續下去，而試圖和希耶絲塔交配……交配……」

在理解這項事實的途中，我腦袋突然當機。

「……不行吧，不行，絕對不行啊！」

「嗯，我大概知道你在想像什麼了，總之你冷靜下來。」

夏凪摸著我的頭安撫情緒，並代替我詢問史蒂芬：

「可是希耶絲塔現在應該依然在沉睡中吧？我不覺得她能夠那麼簡單就協助史卡雷特的計畫。」

「沒錯，因此現在應該還在準備階段。史卡雷特恐怕正透過輸血將吸血鬼的血液輸入白日夢體內。雖然普通人不可能承受得住那樣的處置，但就像剛才說過，白日夢的肉體比較特殊。」

……原來如此，也就是說在那項處理結束之前，史卡雷特都不會對希耶絲塔出手的意思。可是……

「那樣希耶絲塔無法接受診療的期間會持續下去，在她心臟的《種》沒問題嗎……？」

「吸血鬼的血液反而有可能發揮讓白日夢的心臟保持新鮮的功效。」

讓心臟保持新鮮？意思說平常並非如此嗎？

「白日夢平常是處於讓心臟的《種》強制進入休眠的狀態。但這麼做同時也會對內臟功能造成限制，導致心肌細胞一天一天逐漸壞死。說到底，人類的細胞本來就會反覆壞死與再生，然而僅限於她的狀況來說，這樣的循環機制今後勢必會逐漸衰弱下去。」

「怎、怎麼會！」

「我之前就說過了，必須做出決斷的那一天遲早會到來。」

史蒂芬轉回身子，用鏡片底下冰冷的雙眼看著我。

「很抱歉，下一位患者的會診時間快到了。我先告辭。」

他說著，飄盪白衣走出房間。

「不論那隻吸血鬼要把白日夢當成新娘，或者判斷她終究派不上用場而殺掉處分，現在都還有時間。但你要知道，那時間依然是有限的。」

◆沾滿泥巴的禮服光輝

結束與史蒂芬的會談後，我暫時和夏凪分開，來到醫院院區內的一處露天平臺。坐在長椅上啜飲罐裝咖啡消磨時間約十分鐘後，便看見一名少女走過來。於是我站起身子，對她輕輕招手。

「齋川，過得可好？」

來到我面前的是身穿便服的齋川唯。

她露出一如往常的笑臉，伸手對我比ＹＡ。

然而，沒有回應。她失去了那個美麗又可愛的聲音。

自從她被診斷為失聲症後已經過了十天。症狀不但沒有好轉，甚至變得完全發不出聲音，因此現在她的偶像工作全部都暫時休息中。

「史蒂芬怎麼說？」

剛才那段會談之後，換成了齋川接受史蒂芬的診療。那醫生在離開之際說的下一位患者其實就是齋川。

「啊，呃，抱歉。」

我發現齋川臉上浮現傷腦筋的笑容。剛才我只是隨口問問她而已，但現在的她沒有辦法發出聲音回答我。

結果她忽然從包包中掏出一本小小的素描簿，拿筆在上面書寫，再翻過來給我看。紙頁上寫著對我剛才那項提問的回答：

『還是老樣子。』

即便是那位《發明家》史蒂芬．布魯菲爾德，也有無法治療的疾病。

科學並沒有辦法修復心理。

『好久沒有這樣長期休假了。』

齋川帶著寂寞的微笑，拿素描簿給我看。

她一直賣力參與的音樂劇聽說也中止排練了。然而距離預定上演的日子已經沒剩多少時間，因此劇組也開始在討論是否要找人代演的樣子。

『新歌也是，明明下一首就是最後一曲的說。』

這也是齋川之前提過的，六個月連續發行新歌的企劃。現在早已超過了最後一曲原本預定的錄音日。照這樣下去，整個企劃將會在最後第六個月斷尾了。

「真的很抱歉。都怪我們無謂增加了妳的負擔。」

我深深鞠躬致歉。

齋川會變成這樣的原因，或許就像德拉克馬所說，也包含了慢性疲勞與壓力累積。但恐怕吸血鬼的……木乃伊手掌的事件也有造成影響才對。

在那起事件中，齋川雖然發誓自己會身為一名偶像持續綻放光彩，但也正因為那份往前邁進的決心轉為沉重的壓力，侵蝕了她的內心。她被自己的詛咒所束縛，要做個絕不在人前展現軟弱的一面、永遠保持美麗動人的偶像。

『不是的。』

齋川用力搖頭。

『是我不夠堅強。』

才沒那種事。齋川比誰都堅強。總是綻放著耀眼的光芒，絕不讓人看見自己的軟弱……不，想必就是錯在我們這種對她擅自懷抱的形象吧。因為齋川總會希望回應周圍對她的期待，希望實現大家的理想。

我又差點把重擔強加在她肩上了。

『我真是失敗的偶像呢。』

齋川抱著素描簿，想要勉強露出笑容卻控制不住自己的表情。感到目不忍睹的我靠到她面前，結果她輕輕把額頭放到我胸膛上。

像這種時候，自己究竟能為她說些什麼？現在她所面臨最迫在眉睫的問題之一，是她做為自己偶像活動的一環、特別用心投入的新歌連續發行企劃可能被迫中斷。齋川對這件事尤其感到憂慮懊惱。

不過其實我有從《發明家》史蒂芬那邊聽來一項解決方法，那就是**利用合成聲音製作演唱歌曲**。那是將事先錄好的歌聲匯集成一套音訊資料庫，透過機械合成讓人聽起來宛如真人在唱歌的技術。如今那樣的歌曲早已發展為一種大有規模的音樂類型了，想必也不需要我多做說明。

只要利用齋川過去錄製的歌聲與講話聲音做成一套歌聲合成器，就算是現在無法唱歌的她也能夠發表新歌——這就是史蒂芬的提議。

然而那無論在正面意義上或負面意義上，都很像是個密醫會提出的意見。就跟當初對雙腳變得無法動彈的莉洛蒂德立刻建議裝義肢時的情況很相似。

而齋川果然也是……

「妳沒有打算採用史蒂芬的提議是吧？」

我如此詢問後，她露出稍微有點猶豫的表情但還是輕輕點頭。

『畢竟機械的聲音實在沒辦法把感情融入其中。』

正因為是一路來身為偶像歌手親自獻唱的齋川，會有這樣的躊躇也是當然的。既然這樣，我也沒資格對她的選擇說三道四。現在的我沒辦法為齋川說任何話。

「可以容我說一句話嗎？」

這時忽然有個第三者的聲音代替我插嘴進來。是身穿白色連身裙，頭戴黑色帽子的女性——前．陽傘魔女，同時也是我們委託人的瑪莉。

然而她的狀況跟我們初次見面時完全不同。

現在的她藉助於夏凪的幫忙，坐在一張輪椅上。

「瑪莉，妳身體還好嗎？」

「還可以，只是有點使不上力氣。」

儘管面帶微笑卻又咳嗽起來的她，看起來比之前稍微消瘦了幾分。雖然上次就聽說她狀況不佳，但似乎又急遽惡化的樣子。最近她同樣在這間醫院住院中。

瑪莉對齋川道了一聲「好久不見」後，齋川也噙著淚水點點頭。

「我尊重妳的選擇。不過，即便是靠機械的聲音唱歌，也不表示其中完全不帶有任何感情喔。因為希望透過歌曲傳達的心意，都有好好留在小唯至今真摯獻唱的歌聲之中。」

不是嗎？——瑪莉繼續說道。

「在妳的歌聲中，充滿了妳一路來的努力、信念、愛與心意。而既然是藉由那些歌聲做出來的曲子，不可能只是單純的機械聲呀。」

齋川抬起頭來。她的眼神想必是帶著與剛才不同的意義上搖曳著。

「所謂的音樂，是要有唱的人與聽的人雙方存在才成立的東西。或許現在小唯確實發不出聲音，但是有許許多多的人都記得妳的聲音。這樣的關係不會消失。這些肯定都是一路來結下的緣分。」

「在我的體內，**曾有過各式各樣的人**。」

夏凪也接著開口。她在講的想必是我和齋川也知道的那段關於她的過去。

「我曾有一段時期搞不清楚自己究竟是誰，也曾覺得自己根本沒有所謂的自我。」

但我沒有消失——夏凪如此強調。

「曾經存在的東西全都沒有消失。即使替換過心臟，調換過人格，也失去過記憶。但如今回想起來，我並沒有喪失任何東西。昔日感受過的歡喜自然不用說，離別的悲傷也全部承接下來，至今依然鐫刻在我心中。」

夏凪用力按住自己的左胸。

「人是不會輕易喪失的。什麼都不會。」

就算發生過什麼難以言喻的經歷，就算遭遇過什麼敵人、什麼不講理的事情，都不可能奪走任何東西——所以……

「小唯一直珍視的東西並沒有消失。如今也依然好端端地在這裡，只是暫時收納起來了而已。」

夏凪走近齋川，伸手輕撫她喉嚨到胸口的部分。

齋川用力點了好幾下頭，代替她現在還無法搬出來的話語。

「偵探小姐也是跟我一樣呢。」

瑪莉再次認知到夏凪曾有過與自己相同境遇的事情，臉上浮現有點寂寞的表情。不過她接著重新把臉轉朝齋川，柔和地垂下眼角說道：

「我也是就算失去了記憶，也依然唯獨記得自己最重要的那首歌。想必人本來就是這個樣子吧。」

聽完這兩人的話，齋川沉思半晌後，拿起素描本。寫了好幾頁的文字後，翻過來給我們看。

『我覺得新歌發表的企劃還是中止好了。』

齋川的選擇沒有改變。不過，她又翻到下一頁。

『我決定現在還是先暫時保留這個歌聲。因為現在收納在這裡的東西，總有一天肯定又會派上用場。』

她擦拭著自己的淚水。

『到時候，我要全力將這聲音傳達給所有需要它的人。這就是我現在心中的希望！』

這同樣也是一種勇敢的選擇。現在先專心療養自己的身心，暫時停下勉強自己綻放光芒的腳步。瑪莉與夏凪都溫暖接納她這項決斷，而我也從遠處眺望著那樣的她們。

「根本沒有我出場的必要啊。」

然而，我不經意和齋川對上視線。

結果她又在素描簿上寫了些什麼，並朝我的方向翻過來。

『搞得全身沾滿泥巴，奮力追求夢想的模樣，應該也是很美麗的對吧？』

是啊，沒錯。無論怎樣的齋川唯，肯定都是很美麗的。

◇過去與未來的中間點

和君塚一起去拜訪史蒂芬的醫院後又過了三天。世間正在歡度黃金週假期，而我也和君塚稍微出個遠門了。

天氣晴空萬里。我們兩人並肩走在一片清新的空氣中。像這樣走在他旁邊，就能自然感受到兩人之間身高與步伐的差距。話說走得也太快了，難道他以前都沒有被希耶絲塔提醒過這方面的事情嗎？

「嗚！感覺有一點冷呢。」

一陣風吹過，讓我忍不住哆嗦。

早知道就披一件外套來了。我想說反正已經五月，結果太大意了。

「畢竟這裡可是日本最北端的都道府縣啊。」

很機靈地穿件外套來的君塚走在我半步前方轉回頭。

沒錯，我們現在來到了北海道。對於最近經常往海外跑的我們來說，這種程度終究只能算是稍微出個遠門而已。

「像這種時候，通常不是應該會把外套借給女生嗎？」

「我也想那樣做啊。但無奈現在是男女平等的社會。」

「嗚哇～好感度都降到零了。為什麼我要跟君塚兩個人來旅行啦？」

「還不是妳把我揪出來的？而且是用『要不要稍微去逛逛牧場之類？』這種莫名其妙的邀約方式。」

我們互相瞪著對方的臉，又不約而同笑了出來。

好久沒跟他有這種互動了。因為最近發生一連串黯淡又難受的事情，讓大家心情上都失去了餘裕。但是偵探與助手不可以這個樣子。要更開朗、開懷才行！

明確定下必須完成的目標，然後在過程中保持從容享受紅茶與派餅的心境——至少前任《名偵探》應該都是這樣的。

「如果妳那麼冷，要不要我借妳口袋？」

君塚稍微放慢走路速度，只把外套的口袋借給我。那應該是要我把手伸進去裡面的意思吧，不過……

「你這招是從哪學來的？」

「諾契絲借我的少女漫畫。」

「我猜那應該很古老喔。」

「聽說是以前希耶絲塔很喜歡的作品。」

如此這般，我們愉快聊天的同時進入一條人影稀少的路。不過我們依然毫不遲疑地繼續往前走，最終看見一家拉麵店。

「正好，吃點熱的東西吧。」

君塚如此表示，於是我們決定進去享用一頓稍遲的午餐。一走進店內便「歡迎光臨！」地傳來店員很有精神的聲音。裡面除了我們以外沒有其他客人。餐券販賣機上貼著看起來很好吃的味噌拉麵照片。

「夏凪，這裡有大碗跟特大碗的，妳要點哪個？」

「為什麼前提是我一定吃很多啦？大碗的。」

我們並肩坐到吧檯座位，在廚房飄來麵湯濃郁香氣的刺激下等待著拉麵上桌。

「希耶絲塔現在連吃東西都不行啊。」

坐在旁邊的君塚感覺是無意間如此呢喃。

「明明那麼愛吃披薩，那麼愛喝紅茶，但她已經半年以上都在沉睡之中了。」

對。那女孩在沉睡的這段期間，都只能靠點滴攝取營養。

關於史蒂芬提出的那個選擇，我和君塚都還沒有明確得出一個答案。但至少，我很希望能讓她早點享受到溫暖的餐食。相信君塚也是抱著同樣的心願。

沒多久後，加了大量玉米粒與豆芽菜的味噌拉麵上桌，於是我們減少交談，默默享用起來。感到有點冷的身體與心靈都因為溫暖美味而逐漸暖和起來。人要是餓著肚子就沒辦法做出健全的判斷果然是真的。

「最後可以加白飯到剩湯裡吃喔。」

綁著頭巾的店長面帶笑容如此表示。

我雖然很感謝他這樣提議，不過卻開口回答：

「那麼，請給我一份咖哩飯。」

時間霎時停頓了一下。

「辣度呢？」

「麻煩七分辣。」

簡短對話後，店長回答一句「我明白了」便退到廚房深處。到這裡為止就是固定的臺詞。

「那我稍微去摘個花囉。」

我將包包留在位子上，對君塚這麼表示並起身。

「只有我被排擠啊。真羨慕妳這萬人迷。」

「啊哈哈，對不起嘛。稍微等我一下喔？」

「好啦，我自己會打發時間。」

就拜託妳啦——我聽著背後傳來這句話，並走向位於店內深處的洗手間。門上寫有「禁止使用」的文字，但我照樣把門打開。結果裡面是一間既沒廁所也沒洗手臺的小房間。

唯一能夠看到的是另一扇門，於是我輕輕吐氣後，踏入那扇門中。門內是一塊幽暗的空間，只有微弱的暖色燈光。與剛才的拉麵店完全迥異、猶如酒吧的景象呈現在我眼前。

然後在吧檯座位的最邊邊，坐著我一直期望見到面的人物。

「請問您就是布魯諾先生嗎？」

留著白鬍子的老紳士輕輕放下手中的酒杯。

「可以請妳把電器類的東西都放進那裡面嗎？」

不知不覺間，有一名身穿深色西裝的男子拿著一個布袋站在那裡。是《黑衣人》。

「我已經把手機交給助手了。」

「哈哈，感謝妳準備周到。」

老紳士笑著指了一下自己隔壁的座位。於是我輕輕點頭後，坐到他旁邊。

「初次見面，新上任的《名偵探》小姐。」

「是，我一直期盼與您見面呢，《情報屋》先生。」

我們雖然沒有握手，不過還是拿起桌上的杯子互相乾杯。

我和君塚今日來訪這片北方大地的目的，就是為了跟這位人物——布魯諾．貝爾蒙多見面。雖然說只有同樣身為《調律者》的我能夠跟他直接面對面就是了。

「不過我是真的找了您好久呀。甚至還跑了一趟印度喔？」

「哈哈，抱歉。但我並不是在刻意躲避妳。」

布魯諾先生臉上浮現莫名有點像在惡作劇的笑容。我個人是有種一直被他閃避的感覺啦……但反正這次有見到面，就別計較了吧。

「話說，真虧妳知道我今天會在這裡。是《黑衣人》嗎？」

「我的確有利用《黑衣人》沒錯，但並不只這樣。」

我將剛才預先從包包中拿出來的一本日記，亮到布魯諾先生眼前。

「這是《名偵探》的手記。」

正確來說是副本才對。這是我新上任成為《調律者》後，《聯邦政府》的高官——艾絲朵爾交給我的東西。內容是前任《名偵探》希耶絲塔留下的各種工作紀錄，簡單講就是交接資料了。

「這裡面詳細記載了希耶絲塔在幾月幾日做過什麼工作。然後在五年前的今天——也就是五月三日，那女孩來到這裡北海道。」

不過內容只有描述她品嘗了當地的冰淇淋，然後到牧場體驗了擠牛奶等等，平凡的日常活動。

「這不是很奇怪嗎？她居然會突然安排這種只是來遊玩的行程。」

「哈哈，畢竟她當時諸事繁忙，或許想稍微休個假調劑身心吧。」

「不，那是不可能的。」

我對布魯諾先生的玩笑話搖搖頭。

「在五年前的黃金週假期，那女孩不可能什麼事都沒做。」

對。我大致可以想像到希耶絲塔在五年前的這段期間做了些什麼。為了命中註定有一天會成為自己助手的少年K，她當時用了什麼假名，做了什麼行動，我都能料想出來。

「因此五年前的五月三日必定有發生過什麼事情。但是希耶絲塔沒有辦法將那內容留下紀錄。例如像現在的我一樣，**在不為人知下與情報屋見面**之類。」

布魯諾先生淡淡露出微笑。

「然後我請《黑衣人》調查出您的幾個藏身處，其中有一處就是這裡。雖然我想這種程度的情報恐怕是其他《調律者》也能得知的範圍就是了。」

「是啊，不過應該不保證今天我一定會來到這裡吧？」

「是的，沒錯。但我如果能夠找到您，就只有今天在這個地點了。」

在有限的線索中能夠得出的答案就只有這樣。

「在五年前的今天，您與希耶絲塔在這地方見過面。而成為新任《名偵探》的我是否能在五年後的同一天找出來——就是這樣一場試煉。或者說，我認為您應該最起碼會留給我這樣一次機會，所以到這裡來了。」

然後不出所料，您果然在這裡。

聽到我這麼說，布魯諾先生帶著微笑舉杯喝了一口酒。

「真是不可思議。明明那天我應該上了鎖才對。」

「上鎖、嗎？」

「是啊，上了鎖的情報絕對不可外流，不可留存到未來——這是一種規則。但即便如此，偵探的遺志依然能夠把我上的鎖硬生生撬開——無論在哪個年代，你們這些偵探真的是……」

布魯諾先生說著，深感興趣地注視我。

「不過唯有這次，必須上個更牢固的鎖才行。無論使用任何神聖遺具，都唯獨不能將這裡發生的事情留存到未來。」

「呃，我聽不太懂您的意思……」

「哈哈，也就是說即便是未來的《特異點》也無法干涉這個時空的意思。」

只有妳必須好好記住——布魯諾先生如此柔和曉諭我。

「總之就是這樣。好啦，妳想問我什麼？」

終於要進入正題了。換言之，代表他願意聽我說話的意思吧。

「我起初原本打算請教您拯救希耶絲塔的方法。但詢問那種事情會違反規則對不對？所以我上上個月才沒能與您見到面。」

布魯諾先生依舊微微揚著嘴角，沉默表示肯定。

找出拯救希耶絲塔的方法想必是屬於我們的工作。布魯諾先生並不會那麼輕易就把任何情報都說出來。畢竟《情報屋》的工作就是保持世界上知識的均衡。

「那麼妳究竟想來問什麼？現在的妳是為了什麼目的在行動？」

「我們希望阻止史卡雷特。因為現在那麼做，最起碼可以暫時救出希耶絲塔。」

「要怎麼阻止？」

「《吸血鬼》與《聯邦政府》之間，還有某種我們不曉得的關係。我們認為有必要知道這點。」

史卡雷特現在企圖利用《新娘》希耶絲塔，來解除吸血鬼種族所背負的詛咒。然而他至今在《聯邦政府》的指示下，葬送了眾多吸血鬼的性命。這和他現在追求種族繁榮的行為完全矛盾。

然而目前我們幾乎只能依據史卡雷特方面的意見考察，因此我們推論假如解開這項矛盾的關鍵真的存在，那肯定存在於《聯邦政府》方面。究竟吸血鬼與政府之間實際上存在怎樣的祕密關係？

「原來如此，妳希望我告訴妳這點。」

「不，估計您應該也不會告訴我這點。」

布魯諾先生頓時咯咯地笑起來。

「所以我們要直接去詢問當事人。請告訴我《聯邦政府》高官們現在的所在地。」

對於我這個問題，世界之智的回答是……

「也好，我就在這裡跟你們結個緣。」

為了將來的我們預先埋下樁子。

布魯諾先生如此說著，向我遞出一張地圖。

◆這才是正確的討戰方式

和夏凪來到北海道的隔天，我們一大早就從飯店出發，為了某項目的而前往北海道內位於更北方的地點。

到達目的地之前，需要搭乘特急列車或汽車整整五個小時以上。即使跟夏凪聊天消磨時間，這移動距離也長得讓對話很自然中斷了好幾次。

「君塚必須再訓練一下自己的聊天能力呀。」

就在距離目的地總算剩下十公里左右的時候，夏凪在車後座如此抱怨。

「假如有一天你跟女孩子去遊樂園玩，在排隊等待遊樂設施的時候不能讓對方感到無聊呀。」

她不知為何還擔心起我將來根本沒有預定的約會行程。不過關於這點其實大可放心。

「以前我和一位女孩子就真的遇過那種狀況。而我講了很多關於遊樂設施、紀念品和遊行表演的小知識，對方始終都沒有插嘴一句，靜靜聽我說明囉。」

「那根本是對你傻眼了吧。」

希耶絲塔好可憐——夏凪如此呢喃。

真奇怪，我明明沒說那女孩就是希耶絲塔。

如此這般，聊著這種話題讓緊張的情緒也稍微緩和下來了。

「話說回來，《聯邦政府》的高官們真的就在我們現在要去的地方是吧？」

昨天夏凪與《情報屋》布魯諾・貝爾蒙多接觸，成功問出了政府高官的所在地。據說他們之中有幾個人，此刻剛好在北海道東北角一處海岬上的洋館會談，我們此行的目的，就是稍微去登門打擾一下。

「這都要歸功於夏凪的行動力。幫上大忙了。」

假如只靠我一個人絕對無法抵達這裡。從史卡雷特手中搶回希耶絲塔的行動上，今天總算得以邁出一大步。

「畢竟我之前都沒什麼表現嘛。彼此彼此。」

我並不認為有那種事啊……偵探與助手，有效分攤出場機會也好吧。

「不過真沒想到，高官們竟然剛好就在近處。」

何止是國內，甚至同樣在北海道內。真可謂適逢其會。簡直有如算準了我和夏凪到訪此地的時機。

「你怎麼想？這是偶然還是必然呢？」

「很難講。搞不好是因為我的體質使然。」

不過歸根究柢，我們來到這裡本來的理由是為了跟《情報屋》見面。正因為布魯諾在這裡，我們才會來到這塊北方大地；那麼或許也可以想成是我們被布魯諾的行動或意志所引導。

那麼布魯諾又是為什麼會挑在這個時機來訪日本？為何有意與夏凪見面？難道他的行動同樣是什麼人的意志所引導的結果嗎？而那個人搞不好——

「君塚，好像到了喔。」

車子停了下來。我們來到的是一處杳無人煙的海岬。下車來到外面，可以聽見海浪激烈沖打著海岸岩石的聲音。在這樣冷清荒涼的海岬角落，有一棟磚瓦建造的洋館。

「夏凪，我們要用什麼方式進去？」

「怎麼忽然搞起機智徵答了……正常按門鈴進去不行嗎？」

「妳講這什麼話？那樣會被對方瞧不起啊。」

「你面對政府人員是在爭什麼面子啦？」

夏凪露出無奈的眼神看向我。

但這有什麼辦法？畢竟接下來……

「我們是要去討戰啊。」

我說著，抬起右腳使勁把門踹破。

「哦，好像有點帥氣呢。教人看得心頭酥麻。」

「那真是太好了。雖然我倒是腳很麻啦。」

在屋內有七名高官。有人穿西裝，有人穿和服，不過全部臉上都戴著面具，圍著長桌坐在椅子上。然後在注視著我們這兩名闖入者的那些人之中，我找到了熟悉的身影。

「好久不見啦，艾絲朵爾。」

我對那位雖然從未見過真正的長相、但應該相當有歲數的女性如此搭話。在所有政府高官之中，和《名偵探》特別常接觸的人就是她。

「真是嚇人的登場方式呢。」

艾絲朵爾雖然嘴上這麼說，但依然老神在在地坐在椅子上。既然都要來討戰，我是不是應該再帶把槍之類的過來才對？

「平常召開《聯邦會議》的時候，明明都把所有事情丟給《調律者》處理，自己卻像這樣偷偷摸摸聚在一起開密會是嗎？」

「我們並沒有把事情都丟給《調律者》的意思。本來《聯邦政府》與你們就是各自獨立的組織，我們只是信任各位《調律者》罷了。」

這是何等不帶感情的虛假發言。

「但現在和所謂信任的《調律者》進入交戰狀態的又是誰呢？」

結果夏凪說出如此鋒利的一句話反擊。

如今《吸血鬼》與《聯邦政府》是完全處於敵對關係。

「站在我們的立場，也很不想把事情鬧大。但是在我們決心開戰前，《吸血鬼》就已經開始做出各種可疑的動靜了。因此現在變成這樣是一種必然，是令人遺憾的結果。」

「聽妳講得好像事不關己一樣。說到底，你們政府和史卡雷特之間的關係究竟是為何會出現裂縫的？」

當然也有可能真如伊莉莎白所言，《聯邦政府》打從一開始就抱著將包含史卡雷特在內的所有吸血鬼通通處分掉的打算。不過……

「你們和史卡雷特之間，是不是還存在什麼其他祕密？」

艾絲朵爾沒有回答。但我和夏凪今天來到這裡就是為了逼問出這點。

「你們應該也知道，希耶絲塔被抓到《不夜城》去了。因此我們不能不管這件事。」

「你們想去把前任《名偵探》搶回來？」

「這不是為了我，而是為了這個世界要把她搶回來。」

喪失希耶絲塔對於全人類、全世界、全宇宙都是重大的損失。

「那麼假如她的死能夠為世界帶來好處，到時候你又怎麼打算？」

艾絲朵爾這句發問讓我一瞬間呼吸停止。

假若遇上希耶絲塔的死亡對這個世界有益的狀況……

假若有一天必須在希耶絲塔與世界之間二者選一……

這樣的設問真的有意義嗎？那樣的事態真的有可能發生嗎？

「身為世界上唯一一個《特異點》的你，或許有一天必須面對那樣的選擇。」

艾絲朵爾的面具注視著我。

如果她所說的狀況真的發生，如果做出那項決斷的權利在我手中，到時候，別說是什麼故事中的主角了，我根本──

「可以請妳不要轉移話題嗎？」

夏凪這時代替我挺身發言。

「我們已經沒有時間了。**所以告訴我們**，你們和史卡雷特之間真正的關係是什麼？」

她那對赤紅的眼眸似乎在發光。

霎時，其他高官們一起作勢起身，但是被艾絲朵爾制止了。

「艾絲朵爾，妳自己剛才也講過吧？《聯邦政府》與《調律者》終究是各自獨立的組織。不要以為我什麼時候都會聽從命令。」

我會照自己的意志行動──

夏凪撂下了遠比踹破門還要勁爆的狠話。

「——是我在十五年前任命那個男人為《吸血鬼》的。」

一名高官如此開口了。

雖然臉上戴著面具，不過從體格與粗沉的嗓音可以知道是個壯年男子。

高官報上自己的代號為《奧丁》。

「無論從前還是現在，史卡雷特都只尋求某一名少女的平安。」

不知是夏凪的《言靈》使然，抑或有其他盤算，奧丁開始描述起過去的事情。

「那男人對我提出了一**項契約**，表示他願意負責消滅所有吸血鬼的任務，相對地要求我保障一名少女的性命。」

這和大約一個月前，我從史卡雷特本人口中聽來的情報有些出入。那時候史卡雷特完全沒有提及那名少女的存在，只說他是為了打倒毀滅自己故鄉的邪惡吸血鬼而成為《調律者》的。

「……想想那傢伙也不可能會老實把一切都說出來吧。」

我還以為他當時很坦率地把自己的來歷講出來了，但其實那只是為了欺瞞我的手段。

「吶，君塚。史卡雷特說的『希望保障一名少女的性命』指的會不會是……」

「嗯，大概是希耶絲塔吧。」

我和夏凪低聲交談。

從史卡雷特現在的行動原理來思考，這樣的想法應該比較說得通。那男人確實從以前就一直表示希耶絲塔是新娘候補，對她表現出某種執著。也就是說，那兩人之間難道還有什麼我不知道的關係嗎？

「那麼如今因為你們當初交換的契約出現破綻，所以史卡雷特才發動了《吸血鬼的叛亂》是嗎？」

夏凪如此詢問奧丁。

「你們大致上那樣理解就行了。到了最近，那名少女——雖然如今已成長相當多就是了——陷入了實在稱不上平安無事的境遇，結果史卡雷特便主張我們違反了契約。然而那名少女的險境也並非我們所意圖，因此讓我們很傷腦筋。」

「……所以才會召開這場作戰會談會議是吧？」

不管怎麼說，這下隱約看出端倪了。

史卡雷特為何會挑在現在這個時機，對《聯邦政府》表現出反叛的意思。

應該是因為本來要成為自己新娘的希耶絲塔，在《種》的影響下陷入了危險狀態。而史卡雷特對於《聯邦政府》沒能遵守原本的契約內容，保障希耶絲塔安全的事情感到憤怒……

「不，等等。」

我對一度浮現腦中的假說否定。

果然不對，不是那樣。

希耶絲塔並非最近才陷入現在這個窘境。

她進入沉睡是去年初秋的事情。

而且如果繼續往前回溯，在那一年前希耶絲塔也已經死過一次了。

「既然如此，當時為何史卡雷特沒有發動叛亂？」

太奇怪了。不應該是現在才對。不可能是因為希耶絲塔面臨生命危險，而讓史卡雷特發動叛亂的。

「是不是還缺少什麼環節？」

難道艾絲朵爾或奧丁還隱瞞著什麼事情？

「原來如此，是我們搞錯了。」

夏凪頓時睜大眼睛。

偵探早一步想到了新的假說。

「史卡雷特真正的新娘，不是希耶絲塔呀。」

◆等這場仗結束後

「——累死啦。」

回到投宿飯店的我，立刻往兩張單人床的其中一張倒下去。

後來在夏凪提出的假說以及奧丁後續描述的幾項事實中，我們得知了關於史卡雷特過去的一件真相。

被那沉重的內容壓著心頭，我們又一路轉乘汽車與電車回到了飯店。回程路上的記憶模模糊糊，連我自己都很佩服我們竟然能夠平安歸來。而且我們也沒吃什麼東西，時間已經快要到半夜十二點了。

「你這樣外套會皺掉喔。」

住同房的夏凪拿著衣架走過來，說了一句「給我」。

「沒關係，我自己可以。」

於是我把外套脫下來，自己掛到房門口旁的衣架再走回來，卻看見夏凪趴倒在床上。

「結果妳還不是一樣。」

我感到傻眼地躺到隔壁床上，夏凪則是一邊呻吟一邊翻身仰望上方。

「因為感到累的事實不會變呀。」

哎呀，這麼說也是。無論肉體上也好，精神上也好。

「當偵探，難受的事情真多呢。」

「畢竟所謂的真相大多都不是什麼好內容嘛。」

我從冰箱拿出瓶裝水，同時也遞給夏凪一瓶。

兩人接著陷入沉默。關於要改善聊天技巧的課題，我也想不出什麼好話題。

「但我不會放棄。」

稍微過了一段時間後，夏凪喝一口水並如此表示。

「儘管真相再怎麼令人難受，我也不會放棄當偵探。」

「嗯，我也是。」

反正我生來就過著每天受難的日子。

事到如今就算放棄當助手，我也無法走上平坦的路。那麼我只要現在這樣的人生就好。

「從明天起又要忙啦。」

既然如今知道了那件真相，我們接下來就有事情必須要做。雖然黃金週假期快要結束了，但或許我們會忙得連去大學的時間都沒有。

「到頭來，跟高中時代一點都沒變啊。」

「嗯，我是偵探，然後你是助手。」

夏凪對我微笑。假若如此，那麼我們這次肯定也能——

「總之，今天先睡了吧。」

雖然我也想要最起碼去沖個澡，但實在不敵睡意。明天我們必須搭上第一班飛機回去才行。不過現在至少也要換個睡衣再睡吧。正當我這麼想的時候——「砰！」的爆音傳來。假如是槍聲也未免太過可愛。搞不清楚發生何事的我轉頭一看，發現夏凪手上拿著一個拉炮。

「生日快樂，君塚。」

看看時鐘，已經過了十二點來到五月五日——也就是我的生日了。

「……妳準備可真周到。」

像這種時候，我實在不知道該露出什麼表情才好。於是我只有用不曉得對方是否聽得見的聲音呢喃了一句：「謝謝。」

「畢竟沒有準備禮物。所以我想說至少也要用拉炮慶祝一下。」

「居然沒禮物啊。」

「因為你想想嘛，現在沒那種時間吧？」

夏凪說著極為正當的理由，又拉響第二發拉炮。

「等這次的事情平安結束之後，到時我們再好好慶祝吧！」

「怎麼聽起來像死亡旗標。」

「所以我現在就把旗子折斷了嘛。」

夏凪說著揚起嘴角，讓我也跟著稍微笑了起來。

縱然經歷一年，我也不覺得自己有什麼成長。心願、自私、漂亮話、人生的選擇——還有好多我不懂的事，但是因為不懂就能繼續維持現狀的年紀已經過去了。

所以我必須做出選擇。就算不一定正確，就算要因此承擔什麼責任。畢竟我已經看到了……這幾個月來，我親眼見證了許許多多人做出的選擇。因此……

「妳再稍微等一下就好。」

我對著在遙遠國度沉睡的偵探如此小聲呢喃。

【Side Scarlet】

棺中的新娘保持著美麗的容顏沉睡著。

好白。徹底的白。無論臉蛋或者手腳。

比起帶來這座城之前更加精練的純白。

當然，那終歸只是身為吸血鬼的我所看到的感覺。

不過像這樣介於生與死之間的狀態，就是成為正式《新娘》的條件。

「到頭來還是走上這條命運啦。白日夢。」

過去曾多次拒絕我求婚的少女，如今穿著一身純白的禮服躺在這裡。

「…………」

白皙的肌膚，白皙的臉頰。我想伸手觸碰，卻又立刻停下。那個白是如此純潔無瑕，感覺我沒有那個權利用自己的血將它染為赤紅。

「事到如今還講這種話，明明都已將吸血鬼之血注入其中了。」

我不禁自嘲，立起一邊的腳坐下來。

與《聯邦政府》反目成仇，奪走白日夢後已經過了一個月有餘。自從來到這座城堡之後，我一步都未離開到外面過，也沒有出去的必要。

剩下的人生中我必須完成的使命，是與能夠承受我血液的《新娘》盡可能多生孩子，破解吸血鬼短命的詛咒。為此目的，絕不能讓身為《新娘》的白日夢死在這裡。而為了細微調整分予她的血量，我片刻都不能離開。

這短短一個月間，城外總是會傳來槍聲與炮響。成為《不死者》的同胞們與《聯邦政府》軍的交戰。雙方都不會在意細微的犧牲。

「儘管如此，那群傢伙也不會真的動兵攻堅這座城。」

只要白日夢留在這裡做人質，《聯邦政府》就無法做出強硬行動。畢竟要是不小心讓白日夢有個萬一，誰都無法預料《特異點》會幹出什麼事。

那些傢伙之中想必也有革新派吧。主張要把為世界帶來不安定的《特異點》盡早消除。為此，議題的密談肯定也在某處進行，但反正不會得出答案。那個組織就是如此。

「就快了。這一切，就快結束了。」

十五年前，故鄉被燒毀。我在生死邊緣徘徊無數次，但終究沒死，為了剩下短短十五年的歲月而站了起來。不得不站了起來。

後來戴著面具的高官讓我背負起《調律者》的使命，要我用剩下的十五年期間消滅所有的吸血鬼。做為交換，無論任何內容都會為我實現一項心願。

因此我許願了。我當時腦中浮現的一名少女，你們不論付出任何代價都要守護她的性命。代替我從遠處靜靜觀望保護，讓她能盡享天年。我的心願僅此而已。

這項契約被接受，於是我這十五年來持續獵殺了同族。只要那項心願得以實現，我不在乎要付出任何犧牲。同族們怨恨的聲音都化為對我自己的懲罰，深深烙印在我心中。但只要那名少女能夠平安活在世上某個角落，其他對我來說都無所謂了。

然而這樣的日子也即將要落幕。充斥矛盾的三十年總算要畫下句點。接下來，我將完成自己最後的工作。

「外頭莫名安靜啊。」

我不經意發現外面沒有傳來炮響。

從城外什麼聲音都聽不到。屋外的太陽已經沉落。照理講《不死者》們活動最旺盛的這個時間會讓戰況變得更激烈才對。

「到底在幹什麼？」

我忍不住站起身子。

就在這時，門打開了。

【第五章】

◆時隔五年的新娘禮服

「這場婚禮，給我等一下！」

總算抵達《吸血鬼》的牙城——不夜城。

我推開城中尤其巨大的一扇門，如此放聲大喊。

在宛如教會的聖堂中，我接著沿紅地毯走去。

真沒想到自己的人生中居然遇上講出這種臺詞的一天。不過搞不好每個男人其實一輩子都會至少碰上一次這樣的場面吧。

前方約二十公尺處的祭壇上，站著一個男人。

是身上的白色西裝看起來有如新郎禮服的吸血鬼——史卡雷特。

在他身旁還擺著一具棺材。即使從遠處也能看到，躺在裡面的是身穿新娘婚紗的希耶絲塔。

史卡雷特擄走希耶絲塔後大約過了一個月，我和夏凪闖入《聯邦政府》密會後也過了兩個禮拜。今天總算讓我抵達這裡了。

「居然會有個這麼矬的男人跑來搶婚啊。」

扮演新郎的吸血鬼看著闖入婚禮的我，揚起嘴角。

「像這種戲分通常都是由土裡土氣的男主角擔當才叫約定俗成啦。」

「哈！真俗氣的劇本。」

史卡雷特轉向棺材，把臉湊近躺在裡面的希耶絲塔。

「而且你只顧著把自己的理想強加在對方身上，絲毫不會考慮新娘的心情。」

「希耶絲塔的心情我再清楚不過。」

我這麼一說，史卡雷特頓時停下伸向希耶絲塔的手。

「那就是覺得跟你在一起無聊透頂。」

這點程度的事情，只要看看她的臉就知道。五年前在我身旁穿著婚紗的希耶絲塔笑得可比現在開心多了。

史卡雷特用鼻子哼了一聲，重新站起來。

「你是怎麼到這裡的？」

接著，他進入正題。向我追究到底是如何穿越戰場，進入這座《不夜城》的。

正常來講，這裡周圍一帶應該都有《聯邦政府》軍與《不死者》士兵們在交戰才對。

「我跟政府交涉，請他們暫時停止攻擊了。這段時間應該不會再有炮擊。」

「原來如此。我確實也有下令，我方不准主動做不必要的攻擊。只要你們那邊停手，自然會進入停戰狀態。」

但是──史卡雷特瞇起金色的雙眼。

「儘管如此，我也不認為同胞們會毫不抵抗就讓你這傢伙進入城中。」

是啊，確實。假若我完全沒有準備對策就自己一個人跑來，肯定也只有被《不死者》拒於門外的份吧。

「那個偵探少女怎麼了？──難道說……」

「察覺得可真快啊。沒錯，夏凪正在幫我說服並拖住《不死者》們。」

多虧如此，讓我能夠一個人先順利闖入這座《不夜城》。

「不可能。」

史卡雷特皺起眉頭。

「那些傢伙為了成為能夠持續奮戰的死者士兵，甚至連生前的本能都忘了。就是我讓他們用這方式復活的。像魔法少女那時候的奇蹟不可能會發生。」

……說得對。例如利用《不死者》生前的本能，透過實現其心願的形式停止他們的行動──像這種手段在這次派不上用場。然而……

「在喪失本能的狀態下復活的《不死者》，行動上沒有一個主軸。正因為如此，才會乖乖聽從身為主人的你所下達的命令——但是他們從誕生之後，已經過了多久的時間？」

光是史卡雷特和《聯邦政府》對立以來就經過了一個月。而且據他自己說過，在那之前就已經派遣這些《不死者》當成政府的士兵了。換言之……

「你不覺得已經有充分的時間讓《不死者》也能萌生出新的自我了嗎？」

「胡扯，難道你想說他們開始擁有自由意志了？」

「我可不覺得這有什麼好奇怪的。」

就好像意志會化為行動，行動會成為習慣。

到最後習慣又會產生出新的意志。以那群《不死者》的狀況來說，就是對於只能不斷戰鬥的習慣萌生疑問，於是產生了意志——也就是自我。

「你自己以前也說過了。生物的本能與意識是源自於全身上下的ＤＮＡ，因此《不死者》會自己帶著本能復活。生命的意志本來就是如此根深柢固的東西，不會因為死亡就輕易被消除。」

而如今，取回了意志的他們肯定會這麼想——自己是不是沒有戰鬥的理由，這樣。

「所以咱們家的名偵探成功說服了他們，而且現在依然持續著。」

夏凪《言靈》的條理脈絡甚至對死者也能通用，就連細語呢喃也能傳播到整個戰場。

就這樣，戰爭現在暫時停止了。

「把希耶絲塔還來。」

因此現在換成我要在這裡完成只有我能辦到的工作。

「真的好嗎？我的血可是保護著白日夢的心臟喔？」

「假如只是那樣就算了。但你還有後續的計畫對吧？」

而我無論如何都不能容許那樣的計畫。

現場陷入沉默。靜謐的聖堂寒冷得宛如處於巨大的冷凍庫中。

「我不能只靠自己的意志就放走她。」

最後，史卡雷特如此開口。

「從一開始就說過了，重要的是新娘自己的意志。我和你在這邊議論再多，也得不出結論。」

「你在說什麼？」

就在我這麼問的瞬間，棺材動了。

「最基本的準備已經完成。」

從棺中爬出一名少女。

——披著白紗的希耶絲塔。

她睜開雙眼，雙腳踏地，站在稍遠處注視著我。

「在她沉睡的這段期間萎縮的肌力，也靠我的血幫忙補強了。來吧，你可以好好感激我一番。你朝思暮想的偵探，現在醒過來啦。」

史卡雷特展開雙臂，露出妖媚的笑容。

「希耶絲塔……」

我一步又一步地走過去，把手伸向她。

但希耶絲塔什麼話也不講。不只如此，也什麼都沒在看。

縱然四目確實相對，然而在真正的意義上並沒有注視著我。

「現在的希耶絲塔……」

「不是《不死者》。」

史卡雷特回答。

「但可以算是極為相近的存在。或許該說是介於人類與吸血鬼之間。雖然就比例上來講前者遠比後者高出許多……然而歸根究柢，那少女本來就也有《原初之種（席德）》的基因在體內。很難定義現在的她究竟是什麼。」

是啊，沒錯。不過……

「希耶絲塔，就是希耶絲塔。」

同時也是我無可取代的工作夥伴。所以……

「把她還給我。」

我拔出槍舉向史卡雷特。

「別讓我一再重複。那要看新娘本人的意志。」

霎時，一道影子消失。

但史卡雷特還站在那裡，也就是說……

「──嗚！」

我感到一股殺氣，立刻隨便朝個方向翻滾閃避，但臉頰依然被什麼東西劃破而流出血來。

接著，我再次把槍口舉向前方。

眼前是希耶絲塔握著一把短刀，難道是吸血鬼之血失控了。

「我本來不想再跟妳打的說。」

彷彿要暫時拉開距離般，希耶絲塔往後退下。

她的雙眸不知從什麼時候開始，和史卡雷特一樣綻放金色的光芒。

「我可沒辦法手下留情喔。」

偵探與助手，時隔約八個月的二度交手開始了。

◆再次與妳邂逅

雖然裝帥講什麼「我可沒辦法手下留情」，但冷靜想想我根本不可能贏得過希耶絲塔。本來還期待說既然對方大病初癒，或許有辦法對付，可是我現在真想把幾分鐘前抱著這種想法的自己痛毆一頓。

「她反而藉由吸血鬼的力量升級了嗎……？」

我為了暫時轉移戰場而逃出聖堂，希耶絲塔則是宛如脫兔般追了上來。在城內的走廊奔馳，跳躍到天花板的高度，飛速落下時甚至在地板上撞出裂縫。這下我別說是防禦一面倒，根本只有逃跑的份。

不時開槍牽制的同時，我不斷四處逃竄。正常來想，這種鬼抓人遊戲只要短短三十秒應該就能分出勝負了。然而我現在卻能撐到好幾分鐘，完全是因為希耶絲塔的持久力尚未恢復。

光看就知道她瞬間爆發力很驚人，但每跑個十幾秒就會上氣不接下氣地停下腳步，多虧如此才讓我有辦法拉開距離逃跑。雖然以對付一名病人的戰法來說，感覺有點過分，然而現在消耗希耶絲塔的體力，才是讓我在這場戰鬥中得以倖存的最有效手段。

「不過我的體力也不是無限的說。」

在吸血鬼的城堡中，我喘著氣到處跑。

剛才那間聖堂位於《不夜城》最頂樓的下面一層，而我從那裡經由螺旋階梯不斷往下。然後隨便在某一樓逃進走廊最深處的房間，結果是擺有一張大床的寢室。

「要是可以，我還真想就這樣躺下來休息啊。」

我們這次一路轉乘班機來到遙遠的國度，又馬不停蹄地穿越戰爭地區抵達這座城堡。縱然途中有《黑衣人》們協助，但老實說我還是心驚膽跳，不得安寧。現在也是一樣。

其實講真心話，我巴不得請風靡小姐或大神也跟著一起來。然而這次的事情再怎麼說，都必須由身為當事人的我親手做出了結才行。

而且史卡雷特想必也是因為只有我一個人來，才多多少少願意跟我交談的。但我們要講的話還沒講完。我還有事情要親口向他問個清楚。

「不過在那之前，要先搞定這邊吧。」

房門應聲而破，使出一記漂亮迴旋踢的希耶絲塔站在門前。

「唉，就不能端莊點……嗎！」

我連嘆氣的時間都沒有。希耶絲塔一瞬間逼近過來，揮出握在右手的短刀。她還是老樣子，動作精練而毫無多餘。

然而也正因為如此，我能預測她下一個攻擊。

「右腳踢嗎？」

我把身體一扭，躲開希耶絲塔的高腳踢。

對於她近身肉搏時的動作，我多少知道一些。畢竟好幾年來跟她一同勇闖戰場，從最靠近的位置看著她的人就是我。去年一度認真槍口相對的時候，這點也曾經奏效。

「像這樣的打鬥，真令人懷念。」

不只是肢體上的打鬥，還有口頭上的打鬥。

都是因為妳在睡大頭覺，害我無聊了好久啊。

「我去問過史蒂芬了，要怎麼做才能讓妳醒過來。」

和希耶絲塔近身肉搏戰的同時，我如此對她搭話。

「聽說只要移植適合妳身體的心臟或許就能讓妳得救。然而要是那麼做，妳有可能會失去至今的記憶與人格。」

希耶絲塔的刀子些微擦碰我左肩。

但我順勢抓住她的手臂，限制她行動。

「我很煩惱究竟該怎麼做才好。對我來說，真正重要的是妳的性命，還是與妳之間的回憶？我思考了好久……我果然還是不希望妳忘記。關於我的事情、夏凪的事情、各位夥伴們的事情，我都希望妳能記得。」

然後能夠和大家一起享用紅茶與甜派——我希望妳迎接那樣的未來。

希耶絲塔抽回身子，往後跳開。

她上下起伏著肩膀用力喘氣。果然體力大不如前了。

「可是有一天，我聽了夏凪講的話才發現：到頭來我最大的心願，就是希望妳能活下去。終歸來說就是這點。我不知道妳是否也希望如此，但即便只是我們自私的心願，我們還是希望妳活下去。我只希望妳——！」

希耶絲塔又舉起刀，作勢要衝過來。

我抱著她肯定能躲過的確信對她開槍。

而她確實躲開子彈，讓動作稍微失去平衡。於是我一腳踹開她的右手，將短刀彈飛到遠處。她果然不是全盛期的名偵探。

「活下去吧。只要妳繼續活下去，我會重新與妳再次邂逅！」

一雙金色眼眸綻放著光芒的希耶絲塔，宛如見到仇敵般瞪向我。

「就算失去了記憶的妳把我當成初次見面的陌生人，我也會重新要求當妳的助手。妳會說『你是誰？』並對我感到懷疑，而我會說『妳不記得了？』然後告訴妳我們之間的回憶。妳會說妳根本不知道那些事，但我依然死纏爛打地找妳講話，被妳討厭……即便如此，我也不會放棄！」

妳說那樣簡直就是跟蹤狂？

不，妳最初的時候也是這樣糾纏不清地邀請我當助手啊。

所以最起碼也要容許我三次吧。

「……改成五次是不是比較好？」

考量到自己的笨拙個性，我稍微保留了一點緩衝。

「就這樣，我會和希耶絲塔，和妳再一次成為搭檔。我會讓妳再一次選上我！」

我相信著自己的聲音一定有傳到對方耳中，繼續對她傾訴。據史蒂芬說，希耶絲塔即使在沉睡之中也唯有聽覺細胞依然一直在工作。所以她現在肯定也是一樣。

「放心吧，希耶絲塔。妳一定能夠再度成為偵探。」

她以前說過。

自己天生具備偵探的DNA。

既然如此，就算喪失了記憶與人格也不需要擔心。

未來妳註定會再次成為偵探。

「之後的事情我會努力，所以──！」

頸部傳來一陣刺痛，希耶絲塔咬住了我的脖子。

應該是一時性成為吸血鬼的緣故，可以感覺到她的牙齒變得略為尖銳。

沒關係，妳想吸就吸吧。我的血要分給妳多少都行。

「希耶絲塔，不要放棄活下去的意志！」

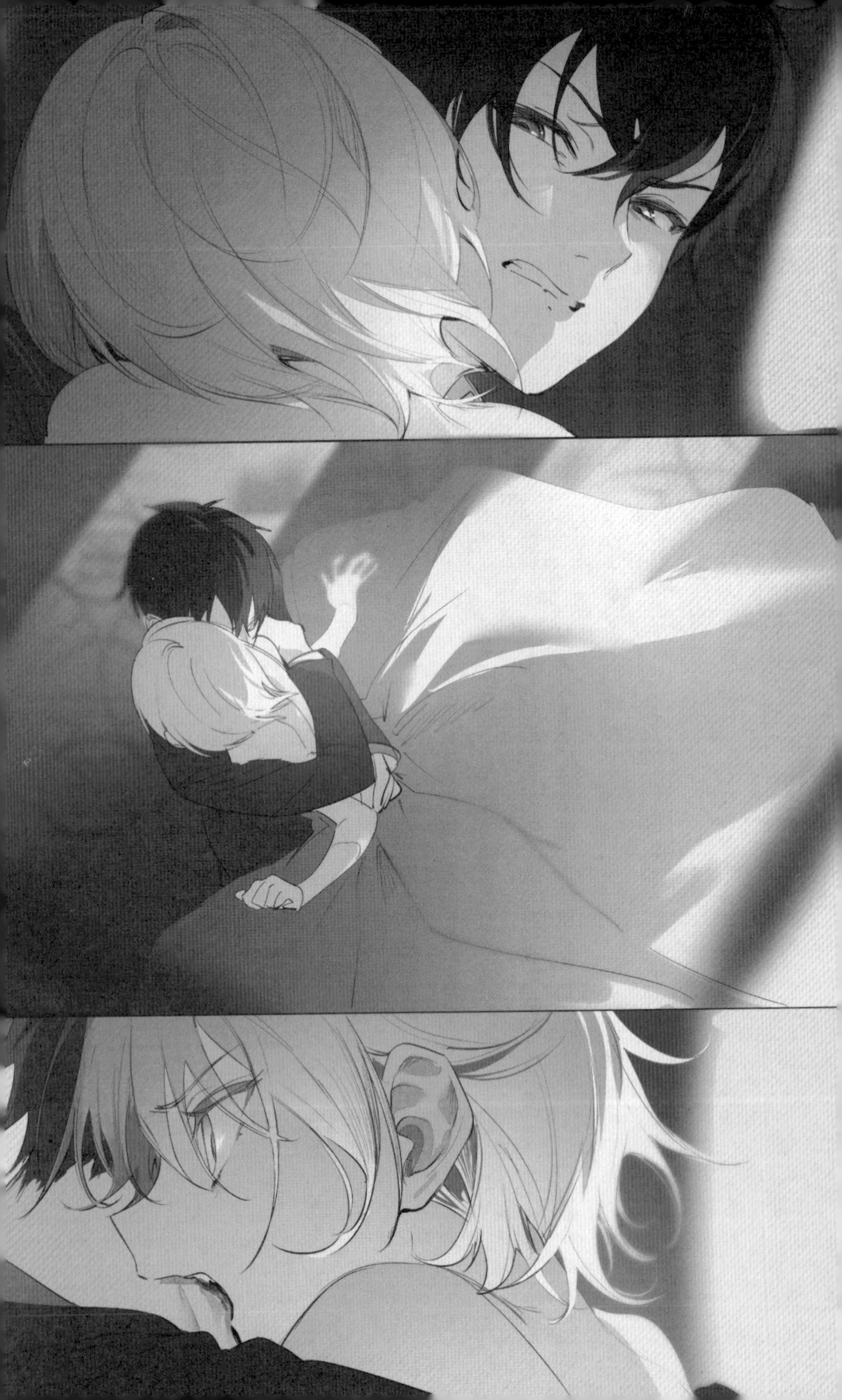

我緊緊抱住眼前的少女。
咬著頸部的力道增強了。
現在我能為妳獻上的，也頂多只有這份痛楚。
「回來吧。回到我們身邊。」
忽然間，頸部感受到的壓力減弱。
接著希耶絲塔便往後倒下，於是我趕緊抱住她。
「果然，妳都有聽見啊。」
我的言靈確實傳遞給偵探的本能了。

◆新娘的心願與王的選擇

讓失去意識的希耶絲塔躺到床上後，我離開寢室獨自走在《不夜城》中。
回到聖堂一看，史卡雷特已經不見蹤影了。
我為了找他繼續往上爬到最頂層，結果不經意聽到風聲。
於是循聲而行，來到了一處莫名寬敞的場所。史卡雷特就在那個露天平臺上，吹著夜風仰望天上的明月。

「希耶絲塔又入睡囉。」

聽到我這句話，史卡雷特緩緩把頭轉過來。

「很抱歉，是我贏了。」

「既然這樣，你何必特地回來？」

他彷彿在嘲笑我般揚起嘴角。

「你大可背著她直接逃走啊。」

「我也很想那麼做，但反正你肯定不會放過我們。」

他現在這樣來到城堡頂樓監視四周就是最好的證明。

「原來如此。不過既然你自己主動回來，代表你應該已經做好送死的覺悟了吧？」

史卡雷特展開一邊黑色的翅膀。從他身上找不出絲毫破綻。

然而，我並沒有跟他交手的打算。

我只是為了跟他交談才回來的。

「史卡雷特，你最大的心願其實不是讓希耶絲塔成為新娘對不對？」

聽到我這麼一問，史卡雷特的眼神變得像要看清我的真意般銳利。

「那麼我為何要擄走白日夢？我究竟想利用那女人幹什麼事，你肯定也早已理解了吧？」

「我知道，就是讓吸血鬼種族繁榮——可是那對你來說，頂多只是第二重要的心願而已。只是因為最大的心願變得無法實現了，所以你才退而求其次……不，轉而實行這項當成最終手段的計畫。」

史卡雷特最初懷抱的是另外的心願。

「那你說說看我真正的心願是什麼？」

「就是保護你心中最重視的對象。」

剎那，史卡雷特的下眼皮抽動了一下。

「你當初以接下消滅同族吸血鬼的使命為代價，要求《聯邦政府》保護某位少女。換言之，你最大的心願就是確保那位少女的安全……然而現在由於那份契約在某種因素下出現破綻，所以你才會切換目標，轉而追求種族繁榮。」

於是他將自己一路來親手葬送的同族們復活為《不死者》加以使喚，並試圖讓希耶絲塔成為《新娘》而綁架了她。

「我起初還以為你想保護的那名少女就是希耶絲塔。但其實不是吧？」

史卡雷特與希耶絲塔恐怕是成為《調律者》之後才互相認識的。然後史卡雷特得知希耶絲塔那段特殊來歷，便判斷她以後能夠成為自己的新娘候補。但那終歸只是一項保險計畫。十五年前史卡雷特真正想保護的少女另有其人。

「是啊，沒錯。」

他用平靜的聲音說道。

「那是跟我在同鄉一起長大的少女，比我更加聰穎、高尚而美麗，是個閃耀得令人不敢相信是鬼的女性。」

青梅竹馬的少女。以前史卡雷特也曾稍微提過這樣的存在。

然而那少女不是希耶絲塔。

然後肯定也不是伊莉莎白。

「十五年前，那個青梅竹馬的少女死了。不知什麼人燒掉我們的小鎮，而她復活三次，在第四次徹底喪命。以吸血鬼來說算是普通的再生能力。最後把焦黑的手伸向天空，斷了氣。但我也沒時間感到絕望，因為我當時也持續被烈火燒灼。」

之後的事情我也知道。

再生能力非比尋常的史卡雷特克服了烈火，最後遇上了政府高官奧丁。他就這麼成為了獵殺同族的《吸血鬼》，並要求政府保護一名少女做為契約的交換條件。

「換言之，你要求政府保護的那名少女是……」

「沒錯，是我復活為《不死者》的青梅竹馬。」

史卡雷特終於道出了一切的真相。

「我與政府締結契約後，那名少女緊接著就復活了。是我靠吸血鬼的能力讓她復活的。**但是她醒來之後遺忘了一切**。包括吸血鬼一族的事情、我的事情，甚至關於自己的事情也都遺忘了。理由在於她的本能。」

——她的心願只有一個，就是投胎轉世後想要成為人類。

——所以她復活時喪失了所有身為吸血鬼的記憶。

「她死後重生為人類了。」

史卡雷特臉上浮現慈愛的微笑。

「儘管如此，她依然逃不過吸血鬼短命的束縛。我的青梅竹馬再過不久就要死了。因此我決定在最後實現她的另一項心願。從前她曾經對我述說過這樣一個夢想——希望我們一族、我們的子孫，**在將來的世界能夠變得跟人類一樣長壽**。所以我最後要在這座城中完成這項計畫。」

語畢，史卡雷特把身體轉向我。

「覺得奇怪嗎？是不是覺得我為什麼會把一切鉅細靡遺地告訴你？」

「不，我認為你是當作殺掉我之前的最後一點憐憫。」

但我猜恐怕不只這樣。

「你應該也希望有誰能夠聽聽你的故事。」

史卡雷特一瞬間睜大眼睛，又緊接著唾棄：

「就憑你能理解什麼！」

霎時，他消失蹤影。隨後我的腹部受到強烈衝擊。

感到疼痛之前我的意識就先暈了。等到激烈撞在房間的牆壁上，我才明白自己被史卡雷特踹了一腳。

「……嗚！……喀！」

「你應該也曾許過願，希望讓一名少女復活。為了這個目的，你信誓旦旦說自己不惜付出任何犧牲。但你根本沒能背負起那個責任！」

在模糊的意識中，我回想起來。我的確發誓過要讓希耶絲塔回到世上。說自己無論要付出任何代價都願意接受，說自己絕不迷惘。

然而後來，當夏凪犧牲自己讓希耶絲塔醒過來時，我感受到無比的後悔。明明說過不管付出任何犧牲都無所謂，卻又緊握拳頭痛訴事情不應該變成這樣。我重視的東西實在太多，不知不覺間多到雙手都抱不住的程度了。

「我由衷厭惡。厭惡人類那樣的愚蠢！」

史卡雷特朝我奔來，腳下一蹬甚至踏碎了地板。

短暫的浮游感後，我接著全身受到衝擊。我的背部重重摔在樓下那間聖堂的地板上……難以呼吸。骨頭是不是也斷了？不過身體勉強還能動。雖然我一點都不覺得自己摔下來時有保護身體。

「你不可能這樣就摔死。畢竟你也暫時受到了吸血鬼的影響。」

輕盈落下的史卡雷特低頭望著我。

「……因為剛才被希耶絲塔咬過嗎？」

我的體能也隨之短暫提升了？我還不曉得有這樣的設定，然而這並不表示痛覺就會消失。光是要站起身體就讓我汗水直流了。

「你是救不了白日夢的。」

史卡雷特對搖晃起身的我如此放話。

「當世界和白日夢被放上天秤衡量時，你會選擇後者的可能性是零。」

他所說的假設情況絕不算是誇張。

艾絲朵爾之前也提過這點，也才會勸告我，盡早把什麼《特異點》的角色徹底遺忘，從此不再跟世界扯上關係，藉此牽制我。

「你這麼說，我無從反駁。」

世界與少女。

面臨這種二選一的狀況時，故事中的主角通常會選擇後者。

但我無法選擇。因為希耶絲塔肯定也不會希望如此——講這種話只是藉口。終究是我自己做不出選擇而已。

「然而史卡雷特，你做出了選擇。不是世界，而是選上少女。」

對史卡雷特而言，只要那位青梅竹馬能夠活下來就夠了。

即便要因此背負起必須親手獵殺同胞們的命運。即便被那個老吸血鬼、被伊莉莎白、被其他所有同胞怨恨、詛咒，聽著他們臨死之際的大聲辱罵，**即便自己做到了這個地步，想要守護的少女也不會記得他**——只要那位少女在遙遠的某地幸福生活，史卡雷特就別無所求。

正因為如此，他感到憤怒。對半吊子的我感到憤怒。對無法專心守護唯一一個重要對象的我感到憤怒。然後他希望證明自己才是正確的，於是才會將一切告訴我，才會在這裡對我控訴。

「我錯了嗎？」

史卡雷特笑了。

但我從來沒有看過如此寂寞的笑容。

對於那樣的吸血鬼之王，我毫不猶豫地回應：

「不，我尊敬你。」

這不是為了求饒。

我打從心底如此認為，想要對他的選擇表達由衷的敬意。

「——這樣啊。」

他又笑了。

把手放在額頭上，扭曲著表情笑了。

「不過，你的選擇究竟正不正確，並不應該由我來判斷。」

還有比我更適任的人物。這是史卡雷特自己也對我說過的事情。

因此……

「去問你真正的新娘吧。」

聖堂的門被打開。史卡雷特見到那景象頓時睜大眼睛。

「君塚，抱歉我來晚了。」

臉頰與衣服上都沾了泥巴的夏凪渚氣喘吁吁地走進來。

她的雙手推著一把輪椅。

坐在輪椅上的，是陽傘魔女。

「為何妳會在這裡，珍妮？」

史卡雷特叫出了新娘的名字。

◆心願的結局

事情要回溯到兩週前。

我和夏凪闖入《聯邦政府》會談的那天，政府高官奧丁告訴我們的內容如下：十五年前，史卡雷特居住的故鄉不知遭到什麼人放火燒村。當時唯一倖存下來的史卡雷特被《聯邦政府》看上其力量，而邀請他成為《調律者》。負責的使命只有一項——獵殺遍布世界的所有吸血鬼。

史卡雷特接受邀請時提出了一項條件。就是他靠自己的力量讓被火燒死的青梅竹馬吸血鬼當場復活後，要求政府將那名少女視為特例的保護契約。《聯邦政府》吞下這項條件，唯獨容許這兩名吸血鬼存活了。

然而就在這時，問題發生。復活成為《不死者》的那名少女由於生前的本能——也就是想要成為人類活下去的心願，導致她喪失了吸血鬼時代的所有記憶。恐怕就連史卡雷特也對這結果多少感到驚訝，但依然決定尊重她的心願而選擇離開，獨自一人成為《吸血鬼》專注於獵殺同族的使命了。

至於重生成為人類的那名少女，以《聯邦政府》的立場來看，也不希望她回想起吸血鬼時代的記憶，於是為她準備了一套『設定』。少女被當作是單獨一人在出國旅行的時候被捲入不幸的事件，導致喪失了過去的記憶，而政府一直都在背地裡默默保護著少女。只要史卡雷特沒有放棄使命，這份契約就持續有效。

然而故事並沒有就此結束。那名少女雖然接受了自己的遭遇，但同時卻變得想要尋找自己的根源。長大成人後，她透過自己擅長的歌唱謀生，並周遊世界尋找自己的故鄉。就這麼隨著時間流逝，她最終來到了一位偵探面前。

「這位是我們的委託人——瑪莉。」

身穿黑色洋裝的前‧陽傘魔女坐在夏凪手推的輪椅上。

史卡雷特用驚訝的表情看著那樣的瑪莉，而瑪莉則是浮現寂寞的微笑抬頭回望。

兩週前，奧丁並沒有告訴我們史卡雷特救活的少女叫什麼名字。然而只要透過至今收集到的情報，自然能夠引導出結論。我們一直在調查的瑪莉故鄉，其實就是吸血鬼們隱世而居的聚落。

雖然在論文之類檯面上調查到的資料中，他們只被描述為單純的少數民族，然而誰都不知道真相為何。恐怕是相對應的機關在背後操作隱匿情報吧。

而上上個月我在北歐尋訪的那座被燒毀的村落，其實原本也是吸血鬼們居住的聚落。然而那些村民全數遭到殺害，被那位老吸血鬼當成了食糧。如今回想起來，普通的人類遺體不可能那樣長期埋在土中都不腐敗。或許正因為是吸血鬼的遺骸，才能成為那位老吸血鬼的儲備糧食吧。

只要將這些情報統整起來，就不用再懷疑了。我和夏凪原本以為毫不相關的事情——瑪莉的委託與吸血鬼的叛亂，其實早在背後相連了。

「史卡雷特，你早就注意到我們與瑪莉接觸的事情了吧？」

上上個月，我和夏凪邂逅瑪莉並且在齋川家第一次聽她說明了委託內容。緊接在那之後，我就被史卡雷特用直升機帶到夜空去談話了。後來過了幾天，我們為了報告委託進度到餐廳與瑪莉見面後，在回程路上的公園，史卡雷特又再次現身。也就是說，他其實一直都在監視我們。

更重要的是，那傢伙要我們別插手他的工作。但仔細想想這很奇怪。例如我們還沒與瑪莉相識之前在國會議事堂與史卡雷特對話的時候，他向我們提出為何自己要不斷獵殺同胞的謎題，有點像是對我們下戰帖的感覺。

然而這次他又態度急轉，警告我們別管這件事。這恐怕是因為偵探與瑪莉相遇了，讓史卡雷特擔心這樣下去，瑪莉有可能尋回自己過去的記憶。而他之所以現身在我們居住的街上並灑下自己的血，實際上應該也是為了不讓包括伊莉莎白在內的其他吸血鬼與瑪莉接觸吧。

「史卡雷特，你真正的心願是希望讓瑪莉以人類的身分重新生活，希望她永遠忘記一切關於自己的事情、關於一族的事情，所以你才會……」

「不對。」

史卡雷特打斷我的話。

他臉上的表情恢復以往的冷淡。

「我的確知道這個女人，所以才會忍不住叫出她的名字。但她不是什麼吸血鬼。她只是從前曾經迷路闖進我故鄉的人類小孩。」

他在騙人。我馬上就聽出來了。

但他依舊不和任何人對上視線，繼續說道：

「而且我跟她也只見過那麼一次面。後來我故鄉被燒掉，我也一直飄泊四方，沒再跟她見過面了。我們之間的關係僅此而已。」

「史卡雷特，等等。」

「但真沒想到她會喪失記憶啊。可憐了。我看她也不記得我的長相吧。」

「史卡雷特！」

我大吼一聲，接著一片寂靜。

「你看著瑪莉的臉。看著她說話吧。」

她沒有哭。

但是從她臉上的表情肯定能夠察覺出什麼事情才對。

「……就算那樣，又如何？假設你們那些妄想都是真的好了，難道說那女人記得她還是吸血鬼時的所有事情嗎？能夠在這裡講出來嗎？她從剛才就一句話都沒說，可見她根本沒有那樣的記憶。」

「史卡雷特，錯了。那是……」

這時忽然有人影動了。

是瑪莉在夏凪的攙扶下站起身子。

然後似乎想說些什麼，可是……

「——」

她發不出聲音。明明嘴巴在動，卻沒有聲音從口中傳出來。

從四天前，瑪莉就失聲了。

大約兩週前她雖然會咳嗽但至少還能正常講話，但過了幾天聲音就開始沙啞，最終變成了現在這樣。

起初我們還以為是她的宿疾惡化了。但如今得知所有真相之後就能明白，那是起因於吸血鬼的短命詛咒——做為生物的壽命將盡了。

「瞧，她這不是啥也不說嗎？」

史卡雷特些微揚起嘴角。

「那女人根本沒有找回什麼記憶。不，那種東西打從一開始就不存在。她既非我的青梅竹馬，更不是什麼吸血鬼。」

「不對！瑪莉已經全都想起來了！」

既然瑪莉無法說話，我就代替她發聲。

史卡雷特，你其實也應該知道了。

「你以前喜歡的繪畫、文學，瑪莉全部記得。這兩個禮拜，她透過跟我們的對話而回想起來了。回想起她在故鄉那十五年，與你一同度過的日子……」

「別擅自胡扯！」

頸部忽然感受到強烈的壓力，讓我呼吸停止。

「君塚！」

聽著夏凪的聲音從遠處傳來的同時，我的後腦杓重重摔在地板上。史卡雷特面目猙獰地掐著我的脖子。

「不對！不對！你講的東西全都是錯的！我跟那女人之間沒有什麼回憶！她不是吸血鬼，不是惡魔！她是人類！」

蒼白之鬼哭泣著。

即使不見淚水，他的內心依然在叫喚。

「那女孩是人類！跟我不一樣。她不會殺掉任何人，不會傷害任何人，不需要遭受不講理的迫害。她不是世界之敵。她只是個人類……！」

史卡雷特絕不承認。

唯有他不會承認瑪莉是個吸血鬼的事實。

因為要是承認，就代表瑪莉的心願沒有實現。就沒有辦法讓她以人類之身而活，以人類之身而死。因為史卡雷特就是為此獻上了自己的生涯，一路來背叛了所有的同胞。

「難道、我錯了嗎？」

掐住我脖子的力道減弱。

我什麼話也說不出來。

世界或少女——沒能像史卡雷特一樣在真正的意義上做出選擇的我，沒有資格講任何話。那不是我可以擅闖的領域。

搞不好，上一任的名偵探也是因為這樣，所以明明察覺這場危機遲早會到來，卻刻意不干涉其中。認為這種事情應該交給吸血鬼之王以及他真正的新娘去選擇。

既然如此，我們也——

「史卡雷特，你之前有說過，我們終究只能在舞臺上扮演自己被分配到的角色。」

不是上一任，而是現今背負那份職務的少女開口了。

從剛才把瑪莉帶到這裡來之後，即使眼眶含著淚，即使緊咬著嘴脣，也始終沒有插嘴，只是靜靜觀望的夏凪渚，現在做出了一項決斷。

「既然這樣，《名偵探》的角色就是要守護委託人的利益。」

一瞬間的寂靜後，聖堂中響起平靜的歌曲。

是從夏凪掏出的手機傳出來的，那位少女的歌聲。

「這是……」

史卡雷特睜大金色雙眼。

沒錯，你應該知道這首歌。

因為這是瑪莉小時候經常哼唱的歌曲。

「為什麼現在會？到底是誰在……」

史卡雷特說著，頓時察覺。

「是藍寶石女孩啊。」

「沒錯，齋川的聲音恢復了。」

雖然還不算完全，但幾週前她與我、夏凪以及瑪莉對話中決心不惜沾滿泥濘地活下去之後，可能因此從精神壓抑中獲得解放，讓聲音逐漸復原了。或許還不到完美的程度，也還無法聽到像從前那樣精湛的顫音技巧，然而齋川依然對著希望在此刻傳達這聲音的對象獻唱。

當她總算有辦法用自己的聲音唱完完整一首歌的時候，瑪莉已經失去了聲音。

那感覺彷彿像是瑪莉將自己的歌聲託付給了齋川。因此現在，齋川代替瑪莉唱出了追憶之歌，將她收納起來的聲音再度拿了出來。

「…………」

史卡雷特表情呆愣地聽著齋川的歌。然而沒過多久，曲調出現變化，史卡雷特的表情也同時一變。齋川現在唱出的歌詞並不存在於上上個月瑪莉唱給我們聽的那段歌曲中。當時瑪莉說她只記得到歌曲的途中而已──但現在……

「你懂了吧，史卡雷特？瑪莉重新教齋川唱的這首歌，正是最無可動搖的證據。現在瑪莉確實記得十五年前的事情，已經回想起了和你一同度過的日子。真正的自己究竟是什麼存在，她已經完全……」

「啊啊啊啊啊啊啊啊啊啊啊啊啊啊啊啊啊啊啊啊啊啊啊啊啊啊啊啊啊啊啊啊！」

史卡雷特尖叫起來。

雙腳跪在地板上，看著自己那雙屠殺無數同胞的手，放聲慟哭。

此刻，男人明白了。

自己為女性獻上的十五年歲月，獵殺同胞流下的無盡鮮血，一切都化為虛有了。

「瑪莉小姐！」

夏凪忽然大叫。

瑪莉全身趴在地上，奮力爬向史卡雷特身邊。

「為什麼……！」

跪在地上的史卡雷特激動捶打地板，嘶吼大叫。

「明明、就差一點……！只差最後一點，就能讓妳保持人類的身分，抱著幸福的回憶結束一生的！可是現在，為什麼……為什麼……！」

面對抬起哀慟表情的史卡雷特，瑪莉搖搖頭。

她正哭泣著。

「我只是想要……想要讓妳、一直、當個人類……！」

史卡雷特全身癱下，而同樣無法站起身子的瑪莉緊緊抱住了他。

接著把手放到史卡雷特肩膀上，用不成聲音的話語說道：

對不起。

這是將史卡雷特至今這十五年的歲月完全否定的一句話，但同時也是將他從詛咒束縛中解放的一句話。史卡雷特頓時表情一皺，再度嘶吼出不成話語的叫聲震撼整間聖堂。瑪莉則是不斷輕撫著他的背部。

「啊啊、啊啊啊！啊啊啊啊啊啊啊啊啊啊啊……！啊啊啊啊啊啊啊啊啊啊啊啊啊啊！」

我們無法表達任何話語。但最起碼，我們沒有把視線別開，沒有把耳朵摀住。對於一名男人做出的選擇……以及最終帶來的結局，我和夏凪都默默見證。因為這段故事想必要繼續流傳下去才行。

這樣的時間持續了好幾分鐘後，聖堂中恢復一片寂靜。史卡雷特緩緩把頭抬起，注視攙扶著他的瑪莉。

他的臉上不知不覺間露出了彷彿心中的邪魔已然消散的表情。

「——十五年了啊。」

史卡雷特接著開口。

「好久不見，珍妮。」

那是承認自己的敗北，同時承認與真正的新娘重逢的一句話。

◆王的背影

吸血鬼與新娘之間沒有交談。正確來說，他們無法交談。即便如此，史卡雷特依然對瑪莉訴說話語，瑪莉也用表情回應。透過唯有他們兩人才心有靈犀的文理脈絡，來場睽違十五年的對話。

我和夏凪與他們稍隔一段距離靜靜觀望，並事到如今才確認彼此的平安。

「真虧妳能夠把瑪莉帶到這裡來啊。」

包括城堡在內，這裡附近一帶都是戰場。例如地上埋了什麼東西，誰也無法預料。儘管有《黑衣人》協助，要推著輪椅來到這裡肯定很辛苦吧。

「雖然弄得全身髒兮兮的就是了。」

夏凪如此苦笑，低頭看看自己沾滿泥巴的衣服。

即便如此，那些也是榮譽的象徵。不管再怎麼灰頭土臉，偵探與偶像都依然美麗。

「話說君塚，希耶絲塔呢？」

「哦哦，她在樓下睡覺。應該不需要擔心。」

夏凪聽我這麼說，便「太好了」地鬆下一口氣。但她的表情接著又有些許黯淡下來，雙眼望向史卡雷特與瑪莉。

「我不認為這是最佳的做法。」

那恐怕是夏凪自身做出的選擇所帶來的結果。這次偵探查明的真相並非每個人都期望的內容，沒能救贖到所有的人。但即便心中明白這點，夏凪依然如此選擇了。

因為瑪莉一直希望能夠知道真相，只追求真正的答案。而夏凪與那樣的委託人產生共鳴，實現了對方的心願。假如換成以前的希耶絲塔會怎麼做？——這種假設性的問題沒有意義，因為是現在眼前的偵探做出了這項選擇。

「辛苦妳囉，名偵探。」

我能說的只有這樣。不過這也是我最想說的一句話。

夏凪的肩膀微微顫動一下，然後懷抱著心中的不甘，但依然把後悔吞下肚子，回應一句「謝謝」並露出微笑。

「——嗯？」

就在這時，我忽然感受到腳下震動。一瞬間我還以為是地震，但緊接著傳來爆炸聲，加上整棟建築物劇烈搖晃，讓我明白並非如此。

「夏凪！」

我抱住失去平衡的夏凪一起倒下。接著震盪很快便停息。

但這狀況，難道說……

「為什麼會有炮擊……」

夏凪臉上浮現困惑的表情。

不會有錯。剛才這是城堡遭到攻擊，誰是凶手根本無庸置疑。

「嗚，被聯邦政府（那些傢伙）擺了一道。」

我們這次向政府提出了對包含《不夜城》在內的交戰地區暫時停止攻擊的要

求，並約定好我們會趁這期間讓《不死者》們放棄武力，阻止史卡雷特的行動。然而現在，他們竟然……

「哈！真像那群傢伙的作風。」

似乎掌握了狀況的史卡雷特緩緩站起來。

「稍微等一下。」

說罷，他便瞬間消失蹤影。

他是飛向了天花板上的破洞。那個洞通往樓上那間有露天平臺的房間。幾十秒後，史卡雷特又回到聖堂。

「被包圍了。」

看來他到露天平臺上確認了一下城外的狀況。

「雖然還沒完全封鎖，不過從地平線可以看見戰鬥車輛正組成隊形朝這裡行進。剛才的爆炸應該就是他們發射的彈道飛彈吧。」

「……該死，這跟講好的不一樣啊。」

被政府背叛了——我不禁這麼想。

但我很快又明白。我們現在阻止了吸血鬼叛亂，也正因為如此，政府軍才會重新發動攻擊。為了把包括史卡雷特在內剩下的所有吸血鬼一網打盡。

「史卡雷特，這下要怎麼做？」

「哈！我還姑且不說，但你們也只有快點逃了吧？還是說，你們想跟那些玩意兒來場肉搏戰？」

我知道。可是問題就在於該怎麼逃啊。

「……不，等等。史卡雷特，你這講法不就表示……」

「上頭那些人的目標打從一開始就只有鎖定吸血鬼。他們沒有真的要殺死《特異點》跟《名偵探》的意思。所以你們趁著還沒遭到波及快逃吧。」

「不能這樣。再說瑪莉也……」

我說到一半，頓時察覺。

瑪莉看著我們，臉上噙著微笑搖搖頭。

「不要讓我明講。」

對，**瑪莉是吸血鬼**。而且不是別人，正是在這裡的偵探與助手證明了這點。既然如此，她已經逃不掉了。《聯邦政府》早就打算在這裡把所有吸血鬼都殲滅殆盡。

「——嗚！又搖了。」

腳下再度傳來震動，搖得比剛才還大。表示這次的落彈點又更近了嗎？

「快走。」

史卡雷特如此命令我們。

「你可別搞錯了。我壓根沒有要死在這裡的打算。我要迎擊敵人。」

「……有勝算嗎？」

「你當我是誰？」

展開一邊翅膀的史卡雷特讓金色眼眸綻放著光芒笑了。

「我乃吸血鬼之王！不可能輸給區區人類！」

那是我至今所見最為恐怖、最為傲慢而自大，絕不屈服於任何人的王者姿態。

「我們走吧。」

我抓起依然猶豫不決的夏凪的手。

「不能讓他再講第二次。」

他剛才叫我們走了。

這不是因為恐怖，也不是基於畏懼。我為了對他表達敬意，決定離開。

「首先到樓下。我負責背希耶絲塔出去。」

夏凪吞下淚水，對瑪莉再看一眼後，轉身離開。

我也跟在她後面，對史卡雷特的背影不再瞧任何一眼，直朝出口而去。

現在的我只能做到這樣。

畢竟就像我已經承認的，我輸給了史卡雷特這個男人。

「君塚君彥。」

史卡雷特的聲音從背後傳來。

「假如非得從世界與少女中做出選擇，你只要把整個世界都改變就行了。改寫劇本，超越原本被賦予的角色。能夠辦到這種事的，就是《特異點》。」

這便是我聽見史卡雷特說的最後一句話了。

◇榮光謝幕

偵探與助手離去後，聖堂中只剩下我和珍妮。

「好啦，該怎麼做？」

我重新冷靜客觀地思考目前狀況與今後發展。

現在城外有無數的戰鬥車輛正逐漸包圍這裡。而且那些不是普通的戰車，而是配備有機關炮的自動步行戰鬥車輛。是密佐耶夫聯邦國家在多場戰役中使用過的無人兵器。

密佐耶夫聯邦雖然過去曾標榜《無死支配》，宣稱在不製造犧牲者之下防堵了國家之間的戰爭，然而實情根本不是如此。那只是駕駛座上無人而已，但那些兵器毀滅了多到難以計數的城鎮與村落。大戰之後，它們就直接被《聯邦政府》收購，投入到許許多多《世界危機》的戰場中。

不過，假如只是那種程度的戰力，我不可能會輸。畢竟吸血鬼就是為了對付連那樣的兵器都無法打敗的《世界之敵》而創造出來的活體兵器，而繼承吸血鬼基因誕生的最高傑作就是我。即便壽命將盡，即便必須同時掩護虛弱的珍妮，我肯定還是能夠突破那些兵器。

「但唯一棘手的，是那個男人啊。」

在成群的無人步行戰鬥車輛之中，還有另一個人影。

《名演員》全罩。

若只純粹比較現況下《調律者》的戰鬥能力，他恐怕是緊接在我之後的第二名。就在最近我才聽說，過去曾讓好幾名《調律者》殉職的世界之敵《界獸》已經被全罩打倒了。看來將世上僅存最後的吸血鬼獵殺掉的使命，最終是由貨真價實的正義使者負責啊。

而那個男人隨身都會攜帶一只銀色的公事包，裡面裝有一個按鈕，用來啟動收納在世界上某個角落、連我遇上都無法平安無事的特別兵器。這代表的意義只有一個，那就是威脅我無論躲到世界上任何地方都無路可逃。

「該怎麼做，珍妮？」

將狀況整理至此，我彎下腰如此詢問坐在地上的她。

選項只有兩個。

抱著珍妮暫時逃跑。

還是在這裡與全罩一戰。

假若選擇前者，姑且抓個《聯邦政府》的高官到什麼地方去當成人質，應該是比較保險的做法。至於如果選擇後者，我只管在這裡大鬧一場就是了。

「哪個比較好？」

我將選擇權委交給珍妮。

她對我靜靜搖頭。

「妳要我就這麼待在這裡，什麼也不做？」

珍妮噙著微笑點頭。

「這樣啊。」

逃跑也好，戰鬥也好，反正我們的命運已定。

再過不久，我們就會壽盡。

城堡周圍姑且還有其他同族，只要吃掉他們應該還能撐過一時。或者只要持續過量攝取人類的血肉，我們還能繼續活下去。

但珍妮並不期望如此。而我也是。當初的使命與心願如今都已不復在，繼續活下去也沒有意義。事到如今無論苟延殘喘逃跑也好，奮戰一場也罷，結局都不會改變。既然如此……

「在這裡結束吧。」

我在珍妮旁邊與她並肩坐下。

兩人沒有對話，但也是當然的。

只有緩緩逼近的戰鬥車輛震動地面的聲響，以及接連不斷的炮擊聲。

「我究竟得到了什麼？」

我對珍妮，或者是對我自己如此詢問。

生而為鬼，受世界冷漠。光看外觀明明與人類相同，卻無法像人類一樣活在祝福中。壽命也只有人類的一半以下。儘管如此，為了讓這段生涯具有意義，我模仿人類生活，享受人類的文化。

然而有一天，我的故鄉被燒了。同胞們與青梅竹馬全都遭到殺害。我事後聽說，蹂躪我們故鄉的凶手，就是曾經身為小鎮領導者的救世主大人。說是為了吃食同族的屍骸，讓自己一個人生存下去。但事實真是如此嗎？

例如凶手會不會其實是《聯邦政府》，或者受其命令的某位《調律者》？換言之，他們會不會是自導自演？然後徹底上當的我不但傻傻地被他們煽動起復仇心，還被安排為《調律者》，賦予了殺害同胞的使命。

另外也有可能是他們和救世主大人私通勾結。救世主大人捨棄小鎮，把我們出賣給政府，以換得政府保障他自己一個人的安全。雖然說，到頭來過了十五年後，他還是被我親手殺掉就是了。

又或者可能是某個厭惡我們一族的人類下手的。雖然對方再怎麼說應該也無從知道吸血鬼這個種族，但我們依然被視為應當歧視的民族而飽受人類疏遠。最後人類在失控的正義驅使下放火燒死了我們——這種事情也不無可能吧。

然而凶手究竟是誰其實也無所謂。同族也好、人類也好、政府也好、正義使者也好，無論是誰都沒差。真要講起來，凶手就是這個世界。正是憎惡我們的這個世界殺掉了我們。

所以我才決定用盡自己剩下一半的壽命，對這個世界做出唯一一次的抵抗。就是讓珍妮復活過來，以一個人類的身分死去。我的心願僅此而已。即便她因此遺忘了我，不會陪在我的身邊，我也不介意。

讓生而為鬼受到世界厭惡的她，化為一名人類光明正大地活在太陽底下——這就是我對這個世界唯一能做的反擊。而且這也正是珍妮本身期望的事情。

為了在最後欺騙世界一場——僅僅為了這個目的，我一路奮戰至今。

「對，我的三十年歲月，就只是為了戰鬥而存在。」

珍妮抬頭看向我。

我在毫無自覺之中站了起來。

——你要去？

珍妮靠嘴型如此問我。

——是啊，我去去就來。

「要死在這裡也未免太喧鬧了。」

炮擊聲從剛才就響個不停。

果然直到最後，這個世界都不容許我們的存在。

唉，簡直令人討厭。

「抱歉，珍妮。」

看來我直到最後一刻都只能當鬼的樣子。

我重新跳到樓上，接著又從露天平臺來到更高處的城頂，佇立於高空。在因此遼闊的視野中，可以看見自動步行戰鬥車輛的大軍緩緩逼近。機關炮全都朝著這裡。假如是一般的生物，肯定光是吃上一發炮彈就會當場沒命。

「但是你們不一樣，對吧？」

我如此詢問。問那些依然在《不夜城》附近停止活動的幾百名眷屬——不，同胞們。

「你們聽到了嗎？」

我可不許你們說沒聽見。

明明你們都聽見了偵探少女的《言靈》啊。

「再一次，服從於我。」

助我一臂之力吧。

「吸血鬼之王在此下令。

——反抗吧！

反抗這個世界的不講理！」

宛如地面裂開似的聲音傳來。

是吶喊聲。

是再度站起的同胞們對世界發動反擊的號角。

「來吧，戰爭現在才要開始。」

我說著，望向遠方的敵人。

在無人的自動步行戰鬥車輛圍繞下，中間還有一臺特別巨大的重型戰車。

砲塔觀望艙上有個人影。在這片戰場上唯一的人類。

就在此刻，我的對手決定下來了。

「哈！看來演員都到齊啦！」

在名為戰場的最後舞臺上，竟然能夠與《名演員(Hero)》廝殺，我這反派也演得值得了。

「全罩！」

展開翅膀，飛下城堡。

我不是要追求死得有尊嚴。這就是我的人生態度。

【終章】

那場《不夜城》之戰後過了兩個月。

當然這期間也發生了許多事情，並非用這樣簡單一句話就能帶過的程度。

諸如吸血鬼叛亂的殘局收拾，針對希耶絲塔的治療方針做討論，在大學發生的某件事情，以及夏凪生日時的事件等等。雖然該講的事情有很多，不過今天同樣有一件重要程度不輸這些的特別事情等著我。

明明是假日，我卻早早就醒來，沖個澡再喝杯咖啡，甚至難得把頭髮都抓得很有型，得意洋洋地出了門。可是……

「太不講理了。」

不知為什麼，我現在卻坐在警局的偵訊室中。

「真沒想到你居然會扯上強盜事件呀。」

然後還被紅髮女刑警冠上了冤罪。

「用『扯上事件』這種講法不太好。我只是偶然抓到犯人而已。」

「嗯？是這樣喔？可是我筆錄都已經寫好啦。」

「為什麼啦！我什麼都還沒供述吧？」

與其說「還沒」，我根本沒有任何需要自白的事情啊。

我今天難得抱著好心情出門的，卻在路上跟逃亡中的強盜犯相撞，結果莫名其妙就演變成了現在這個狀況。該怎麼說呢？感覺這容易被捲入麻煩的體質好久沒發揮這麼老套的情節了。

「哎呀，其實我也是另有正題，才把你暫且抓到警局來的。」

「藉故逮捕也太誇張了。」

對於我的吐槽，風靡小姐只是輕笑一下，點燃香菸。這裡絕對是禁菸的才對吧？

「話說怎麼每次都是我被叫到這裡來啦？偶爾也換成風靡小姐過來吧。」

「你是要我去哪裡？你那間破爛公寓嗎？」

「不是那樣。妳好歹也來探望一下希耶絲塔怎麼樣？」

「那傢伙也沒說特別想見到我吧。」

這很難講。我認為至少她應該很信任風靡小姐。

「她還是老樣子？」

「是啊，不過有在做準備了。」

「你說心臟移植呀。」

到頭來，我與夏凪、諾契絲以及其他夥伴們討論的結果，做出了這項選擇。而目前史蒂芬正在製造希耶絲塔心臟的完全複製品。

實際上以前希耶絲塔的身體也有裝過人工器官，藉此讓當時呈現假死狀態的她得以存活下來。然而這次要製作的是讓希耶絲塔的意識清醒過來，並完全適合她身體的心臟。

「但我聽說假如用那種方法，偵探有可能喪失記憶或人格對吧？」

「萬一真的變成那樣，到時候我們會再跟她重新相逢。」

那天我在《不夜城》與希耶絲塔交戰、對話，而只有耳朵能聽見的她最後肯定了我的選擇——總有一天會在距地一萬公尺的高空讓故事重新開始的選擇。

自從希耶絲塔進入沉睡後經過了大約十個月。有一天會讓她再度醒來的昔日誓言，如今總算開始往前邁進一大步了。

「然後呢？風靡小姐，妳所謂的正題是？」

想到等一下的預定行程，我也沒有太多時間悠哉坐在這裡。

結果風靡小姐吐著煙告訴我：

「是關於《怪盜》亞森的事情。」

竟是這檔事啊。不過確實，最近和風靡小姐見面時經常會提到這個名字。

「有個情報我想讓你知道一下。」

「既然這樣就請讓夏凪也一起同席啊。話說她才是應該要告知的對象吧？」

「畢竟規則上《調律者》之間基本不能互相干涉呀。」

所以要由我居中緩衝啊，然後要我把接下來得知的情報轉告夏凪就是了。雖然有種被方便利用的感覺，但或許這也是身為助手的職責吧。

「之前說是《怪盜》創造出來的魔人的分析結果出爐了。」

風靡小姐說道。

「似乎是《發明家》史蒂芬·布魯菲爾德調查出來的。最近這項情報也傳到了我這邊。」

「這麼說來，他有利用德拉克馬在調查啊。」

我在醫院也見過一次那個景象，他們在一間像是特殊手術房的場所，拿貪婪魔人的肉體做研究。

「然後呢？風靡小姐，那所謂的分析結果是？」

「哦哦，據說從魔人的肉體中檢測出目前認為不屬於這個世界的物質。傳到我手上的資料上寫了像是未知的原子核還是什麼的一堆專門用語，我也無法跟你說明清楚。」

……假如說是不存在於已知元素週期表上的原子，封印了《原初之種（席德）》的尤克特拉希爾也有類似的傳聞。

「若真如此，難不成《七大罪魔人》也是來自遙遠的宇宙？」

「誰曉得。說到底，搞不好只是還有很多靠人類目前的科學技術無法觀測到的事物而已。」

「原來如此。也許只是我們還沒認知到，是嗎？」

舉例來說，以前德拉克馬說過夏凪的《言靈》能力是源自存在於咽喉附近的未知器官。像史蒂芬那些醫生或科學家們，正試圖抵達至今人類的常識所無法接觸到的領域嗎？

「那麼能夠創造出那些未知魔人的《怪盜》究竟是何方神聖？」

據風靡小姐說過有可能和那位最糟糕的犯罪者——亞伯・A・荀白克是同一人物的《怪盜》亞森的真面目究竟是？

「亞森能夠透過超越人智的力量盜竊各式各樣的東西，而且遭竊的人類甚至連遭竊的事實都無法察覺。」

「……難道說，剛才提到那個不存在於這個世界的原子，歸根究柢也是《怪盜》將關於那東西的概念都竊走的嗎？」

難不成說亞森將存在於這個世界的常識或概念整個都盜竊了？

假若真的能夠辦到這種事情，那傢伙簡直就是——

「神——就算撕破我的嘴也不想這樣形容啊。」

風靡小姐冷淡一笑。

「很可惜，我是個無神論者。」

「……是啊，我也沒有信仰宗教。」

世上不可能有什麼神，也不可能有像是《怪盜》亞森或《特異點》這類具有莫名其妙特質的男人。頂多只會有像女神般美麗的偵探而已。

「不過為何現在要把那種情報告訴我？」

「就像剛才說的，《怪盜》亞森能夠從人類中奪走任何東西，但身為當事人的我們卻連被奪走的事實都無法察覺。所以我現在把情報分享給你，也是一種最起碼的保險而已。」

原來如此。就算風靡小姐忘了，我也能幫她記得是吧。我可以把這解讀為她對我還多少抱有信賴的證明嗎？或者只是一種策略盤算？

「君塚君彥，雖然我不想承認，但站在整個故事中心的人就是你。無論扯上什麼樣的事件、遭遇什麼樣的危機，唯有你總是能夠平安歸來。就算跑去吸血鬼的城堡也是一樣。」

——是啊，這點連我自己也覺得不可思議。像兩個月前即使在那樣絕望的狀況中，我最後依然平安歸來了。回來的只有我、夏凪與希耶絲塔。

「我沒能拯救一切。」

在那座城中究竟發生了什麼，最後真正的結局又是如何，我至今依然不知。

轉身背對逃跑的我，沒有權利知道這些事。

「想要拯救一切根本是一種傲慢。」

風靡小姐用銳利的眼神看向我。

之前大神也對我講過一樣的話。這世上充滿惡事，相對地也有無數正在求救的人。想要拯救那一切，並非現在的我們能辦到的事——

「——不過，夏凪渚不會放棄一切。她的目標就是成為那樣的偵探。」

因此我身為助手也不能輕易放棄，至少必須努力讓自己跟在她身邊才行。

我重新如此下定決心，並站起身子。風靡小姐要講的話已經結束了。

「那麼，我在此告辭。」

「好，代我跟名偵探問個好。」

對輕輕舉起一隻手的風靡小姐鞠躬示意後，我便離開了警察局。

「久等啦。」

我在一間劇場的一樓座位找到相約碰頭的對象，於是確認一下門票後坐到對方旁邊。

「你總算來了。我還以為又要被你爽約了。」
「我從來沒有爽約過好嗎？雖然會遲到啦。」
聽到我這麼回應，夏凪渚便「這連藉口都不算」地嘟起嘴巴。
「今天就饒了我吧。我被風靡小姐抓到了。」
「咦？意思說你是越獄來的？趕快報警……」
「不是那種『抓到』啦！」
我雖然加強語氣，但還是小聲吐槽。
畢竟就算還沒開演，這裡也不是適合吵鬧的場所。
「妳有買簡介小冊啊。」
「嗯！因為我第一次來欣賞音樂劇，好期待呦～」
夏凪翻著放在大腿上的小冊子，看起來興奮不已。
講白了，其實今天就是齋川唯主演的音樂劇公演首日。
「君塚有看過音樂劇嗎？」
「呃～之前和希耶絲塔有。」
而且是在道地的紐約百老匯大道。那次真的是一場很奢侈的體驗。
「……原來已經有經驗了。」
夏凪莫名其妙沮喪起來。但不管怎麼說……

「齋川終於要復活啦。」

被診斷為失聲症後過了三個月。以那場《不夜城》之戰時的獻唱為契機開始逐漸復原的齋川，在那兩週之後順利恢復參加音樂劇的排練。然後就在今天，從這場舞臺表演開始，她終於要重回演藝圈。

「真是太好了。」

我忍不住鬆一口氣，小聲呢喃。

心理因素居多的疾病沒有明確的治療方法，所以這次的案例沒有辦法拜託史蒂芬。畢竟那位《發明家》無法實現沒有再現性的奇蹟。

然而，齋川撐過了難關。靠自己的力量克服了病魔。

到頭來……使她得以復原的理由究竟是什麼呢？因為她花上時間認真面對了自己的心情？還是因為她發現即使灰頭土臉的模樣同樣很美麗？

「肯定是因為小唯內心強烈渴望為了什麼人獻唱吧。」

夏凪如此微笑。

兩個月前，我們有將瑪莉的內幕與真相也告訴了齋川。包括瑪莉究竟是什麼存在，而她教齋川唱的那首歌曲背後具有什麼意義等等。齋川是在理解這些前提下，繼承瑪莉託付給她的心意與歌聲，在那天唱出了那首歌。

等一切都落幕後，齋川用當時還有一點沙啞的嗓音表示過：

『心意是不會消失的。我要證明這點。』

聽到她這句話，我不禁回問：『對史卡雷特嗎？』

結果她給了我一個出乎預料的答案：

『對史卡雷特先生，還有亞伯特先生。』

那對我來說也好，對齋川來說也好，都是無法遺忘、無可遺忘的名字。

不是只有偵探。

偶像同樣也是繼承著什麼人的遺志，邁向明天的未來。

「要開始了。」

夏凪小聲呢喃，緊接著燈光轉暗。

隨著開演的蜂鳴器聲響起，舞臺布簾拉開。在舞臺中心站著一名身穿修道服的少女。靜謐的空間，聽不見絲毫雜音。少女如祈禱般交握雙手，緩緩唱出歌聲。

「聽哪　我的聲音　此刻　可有傳到你耳中」

歌姬眨動著碧藍的眼眸，靜靜地，靜靜地將收納起來的歌聲釋放出來。

我與她一同獻上祈禱。

但願那歌聲能響徹天際，傳到世界的另一面。

【The end of Vampire】

後來不知過了幾十分，幾小時。

當我結束最後一戰回到聖堂時，四周已經開始被烈火包圍。應該是炮擊造成的火焰吧。伴隨赤焰熊熊燃燒的聲響，《不夜城》已陷入火海。

在一片烈火與濃煙中，我看見聖女的身影。

不知是在睡覺，還是連睜開眼睛都感到困難了，背靠著牆壁的珍妮閉著眼皮坐在地上。由於她穿著黑色洋裝，讓吸血鬼特有的白皙肌膚宛如浮現於黑暗之中。

「久等了。」

我如此搭話後，珍妮緩緩睜開眼睛。

「我贏啦。」

雖然沒能殺死全罩。

不過就在我破壞了《聯邦政府》軍五成以上的兵器，又讓全罩吃上一記後，敵軍便當場撤退。或許站在對方的角度判斷，只要我不久後死掉就行了吧。確實，我的肉體已經損傷到再生能力都無法發揮作用的程度，即便是哪裡的密醫肯定也治不好我了。

儘管如此，在戰場上站立到最後的人還是我。抵抗了沒有道理的境遇，對世界予以反擊的是我們吸血鬼。所以……

「我們贏了。」

我再次強調，並坐到珍妮身邊。她用不知是微笑還是哭泣的表情注視著我。看到那樣的她，我不禁想問一句「妳不開心嗎？」但又發現自己事到如今居然還在尋求她的評價，忍不住自嘲地笑了一下。

「吃我。」

雖然也不是為了含糊自己的態度，不過我對她如此說道。

珍妮有點驚訝地睜大眼睛。

「王在此下令。不准比我早死。」

儘管身體已是如此殘破，但應該還有機會讓她好歹延長著幾分鐘的壽命。我垂下頭，將頸部亮在珍妮面前。

「這就對了。」

不久後，珍妮輕輕把牙齒咬在我頸部。

輕柔的疼痛持續了幾十秒鐘。

「你真傻。」

時間停止了一剎那後，我趕緊把頭轉過去。珍妮動著她白皙的咽喉，講話了。這是她時隔十五年對我講的第一句話。

「光靠我這種程度的血居然就讓妳恢復聲音啦？」

「畢竟是王的血呀，那當然了。」

珍妮面露微笑，我也還以一笑。

雖然我不認為自己能夠笑得像她那樣自然就是了。

「珍妮，呃不，瑪莉，我該怎麼叫妳？」

「隨你喜歡呀，猶大，不，史卡雷特？」

名字這種東西要怎麼叫都行。對我而言，話語根本不重要。從以前就是如此。真正重要的東西，肯定藏在話語的另一側。

「你長大了。」

肩膀感受到頭部的重量。那是彼此彼此吧——我這麼用鼻子哼了一聲。

「抱歉，還讓妳陪我這一場。」

火舌已經迫近。雙腳已無法動彈。然而在被火燒到之前，應該就會被濃煙嗆死吧。我背負了讓她徒然延命了幾分鐘的罪。真希望最後能讓她死得輕鬆點。

「不會，比起你的十五年，那僅是眨眼間呀。」

珍妮依然把身體靠在我肩上，如此說著。

「不過，接下來就能在一起了。」

「不，要就此道別了。」

我會下地獄去。背負著為了利己的理由不斷獵殺同胞的重罪。

「那我也跟你去。畢竟是我害你要去那裡的呀。」

才沒那種事……沒那種事。

「只要跟你在一起，就算是地獄我也不怕。」

她的這句話，深深刺進這雙眼睛看不見的地方。

「——啊啊，是這樣。原來是這樣啊。」

我一直以為不需要什麼話語。所以只會摸索不需要透過話語的方法論。但我所缺乏的東西，才正是我最期望得到的東西。

我想要的是話語。我真正尋求的是能夠將宛如地獄深處般的空洞填補起來的話語……答案。

「瑪莉。」

我用她誕生時所背負的真正名字，也是她化為人類生活時使用的這個名字喚她，並尋求幾項疑問的解答。

「妳覺得地獄在哪裡？」
「肯定就在天堂附近。」

「妳覺得地獄是什麼樣的地方？」
「肯定是很美好的地方。」

「妳覺得地獄會是什麼顏色？」
「肯定是很美妙的顏色。」

就像現在的我們一樣——珍妮……瑪莉如此說道。
沾滿血色的我是紅，身穿夜色的她是黑。
那麼地獄肯定是個適合我們的場所不會錯。
「瑪莉，再聽我一個要求。」
「什麼？」
「在最後，為我唱一曲吧。」
「那當然。」
聖女的歌聲，溫柔包覆火舌搖盪的地獄。

意識逐漸遠去。閉上眼睛，在昏沉中，我最後聽見了她彷彿歌聲的話語。

「瑪莉。」

「什麼？」

「抱歉。」

「我也是。」

「瑪莉。」

「什麼？」

「…………」

「…………我也是。」

謝謝。

【贈自未來的終章】

「以上就是關於《吸血鬼叛亂》的故事了。」

我以透過《聖遺具》恢復的記憶為基礎，將吸血鬼的故事敘述給希耶絲塔她們聽。

這次就跟莉洛蒂德的時候一樣，雖然大部分的內容我都記得，但果然還是唯有像《特異點》或《怪盜》之類的關鍵字從記憶中脫落了。

除此之外還有一點，就是我透過這個《聖遺具》，稍微看見了至今無從得知的史卡雷特的最後。換言之，《聖遺具》似乎不只是會讓我看到自己實際見聞過的事物，而是將過去發生的特定事件做為紀錄保存下來的樣子。這樣來想，或許我們今後還能追尋出更多過去的我們所不知道的各種真相。

「那個時期真的發生過好多事呢。」

渚啜飲一口紅茶，回憶當時的情形。

「也包括小唯的事情。」

「是啊，不過齋川肯定是因為克服了這些過去才有今天的成就。」

那活躍於世界各處的背影如今距離我們好遙遠，令人感到開心的同時又有些許寂寞。

「原來如此，唯的事情跟吸血鬼叛亂是發生在同一時期呀。」

當時還在沉睡的希耶絲塔點頭兩、三下。

「這麼說來，妳在進入沉睡之前，其實早已知道史卡雷特口中的《新娘》代表什麼意義了吧？」

「嗯，我剛當上《調律者》時在《聯邦會議》上跟他初次認識，當時他就中意我了。他那時候知道了我的心臟比較特殊，似乎因此判斷我具備他計畫中《新娘》的資格。」

原來如此，她直接聽史卡雷特說過計畫的事情啊。

這時米亞「那麼……」地開口說道：

「學姊果然早也料到《吸血鬼》遲早會成為《世界之敵》了，甚至猜到連《聖典》都沒有清楚明示的部分。」

「我也不是全部都知道啦……例如他想守護的真正的新娘，我就不曉得了。」

希耶絲塔瞇起眼睛，提起瑪莉的事情。

「我有預料到史卡雷特可能將來有一天會對世界顯露敵意，然而他的目的是解除吸血鬼短命的詛咒，讓吸血鬼一族轉生為人類。當時的我無法判斷這樣的想法究竟是善還是惡。」

不過——她說著，看向我和渚。

「你們達成了我過去沒能完成的工作，讓我在此重新向你們致謝吧。」

「……不，我只是實現了委託人的心願而已。」

渚搖搖頭，面露苦笑。

「而且，我的判斷終究斷絕了史卡雷特的期望。連我自己也不知道當時那麼做究竟是不是最佳的選擇。」

「那樣做就很好了。當時的渚毫無疑問是獨當一面的偵探。還有你也是，身為助手好好支持了渚的決斷。」

希耶絲塔說著，對我輕輕微笑。

「難得妳會這樣誇獎我啊。」

「畢竟你救了我，所以我好歹也該致謝一下呀。」

「……我不知道妳在講什麼。」

當時自己為了拯救成為新娘的希耶絲塔，說著相當丟臉的臺詞闖入《不夜城》的模樣閃過腦海，但我決定唯有這部分假裝沒有想起來了。

「不過還是謝謝你來救我。」

見到她那樣連評點分數都感到忌憚的笑容，我只能隨便回應幾聲並喝起紅茶了。

「那麼，讓我們差不多進入正題吧。」

米亞如此起頭，奧莉薇亞也為我們重新泡了人數分量的紅茶後，我們繼續討論。

「在剛才那段故事中，出現了連我也不太熟悉的詞彙——怪盜，是嗎？」

沒錯，這次尤其令人在意的果然是這點吧。

《怪盜》亞森。又名亞伯・A・荀白克。

我們遺忘的第十二名《調律者》。

為何我們會忘記？**究竟是誰讓我們忘記的**？

「你跟風靡討論過吧。據說怪盜不只能偷竊物品而已，各種形式的東西他都有辦法竊走。」

對。怪盜甚至連人的心或概念等東西，都能從原本應該存在的地方偷出來，連常識都有辦法顛覆。假如在這樣的前提下……

「現在這個世界正在發生的異變，會不會是怪盜搞的鬼？」

難道是那傢伙把人類的記憶以及世界上各種紀錄都偷走了？

「可是怪盜要怎麼辦到這種事情？而且又是為了什麼目的？」

「這……我也不知道。」

對於渚提出這些理所當然的疑問，我也答不上來。就連當時的我們都還沒能把關於《怪盜》的情報收集齊全。

換言之，如果想知道更多事情……

「我們需要其他新的《聖遺具》。」

但是那種東西要去哪裡找？

第一個是身為世界之智的布魯諾．貝爾蒙多留下來給我們的。然後這次的第二個是能夠看見未來的米亞．惠特洛克所發現。那麼第三個呢？

「首先去找那個人問問看吧。」

渚毅然說道。

「就是當時比任何人都致力於追捕亞伯的加瀨風靡。」

……對了，沒錯。

吸血鬼相關的一連串事件落幕後，我們曾幾度與風靡小姐一同行動。目的只有一個，就是逮捕亞伯．A．荀白克。

在我現在的記憶中，唯獨「亞伯＝怪盜」的情報……唯獨這項概念消失得一乾二淨，關鍵果然是怪盜。

「不過我記得身為《暗殺者》的她現在應該……」

「正越獄逃亡中。」

我如此回答奧莉薇亞。加瀨風靡以叛國罪的名目遭到逮捕，然而卻在生前的布魯諾安排下越獄了。他們的目的究竟是什麼？此刻究竟在什麼地方？

「……嗯，怎麼啦，希耶絲塔？」

我不經意發現希耶絲塔正目不轉睛地盯著手上的手機。

「其實，最近我跟夏露都聯絡不上。前前後後已經兩個禮拜了吧。我連她現在在哪裡都不曉得。」

「原來妳也是啊？我在《聖還之儀》後也有一次試著傳訊息給她，可是到現在連已讀都沒標上。」

當然，畢竟夏露身為活躍於世界各地的特務，以前也有過這樣的狀況。然而也正因為如此才令人擔心。更何況，來自我的聯絡也就算了，她居然對希耶絲塔的訊息也沒有任何反應……這有點讓人在意。

「你可變了真多呢，居然會擔心夏露的事情。明明以前你們感情那麼差。」

「我們現在也沒好到哪裡去啦……不過，畢竟發生了很多事。在妳沉睡的那段期間也有過一些事情。」

我稍微回想起當時的狀況，並回顧偶爾會跟夏露互動的訊息軟體。她離現在最近的一次訊息，是路旁一個小雪人的照片。不知從何時開始，我們之間的關係已經改變到會互傳這類沒什麼特別意義的照片了。

順道一提，關於那張雪人照片，我因為不知該如何反應而傳了一句「堆得真好。」結果她回應我「不是我堆的啦。」並加上了一個貓在睡覺的貼圖。總覺得我們之間似乎有溝沒有通的樣子。

「也就是說現在問題有兩個。那要分成兩組嗎？」

米亞如此提議。

也就是說，尋找夏露的小隊與追尋風靡小姐的小隊吧。

「可是這樣會不會變成妳們三個人互相搶我的局面啊？」

「好，那就我、希耶絲塔跟米亞組成女生隊，然後君彥自己一個人組男生隊。」

太欺負人了。

「那樣也是可以啦。」

「一點也不可以吧，希耶絲塔。」

「剛才我雖然說跟夏露聯絡不上，不過其實我有收到一封似乎是她預約送件的訊息。感覺應該是在《聖還之儀》前準備好的。」

希耶絲塔說著，把那封夏露來自過去的訊息念出來：

「假如收到這封訊息時無法與我取得聯絡，請去找加瀨風靡——這樣。」

「……也就是說，風靡小姐有可能知道夏露行蹤不明的原因嗎？」

渚如此揣摩夏露這封訊息的真意。

大約三週前，夏露說過她因為有某項重要工作，不克出席《聖還之儀》。

搞不好那件事情和風靡小姐有扯上關係，而夏露預想到可能會發生什麼不測的事態，所以向希耶絲塔留下了這封訊息，是嗎？

「各種事情複雜地糾結在一起呢。」

米亞掌握狀況後輕輕嘆了口氣。

「不過，無論過去或現在總是經常會這樣盤根錯節，逐漸收斂為唯一一條未來。然後那個未來又會分枝成好幾種可能性，而我們最後要從中選出一條路徑。」

就讓我們見識一下你的選擇吧。

米亞看著我的方向，微微揚起嘴角。

「不管怎麼說，總之我們的目標是找出加瀨風靡。」

為了詢問關於怪盜的事情。也為了探聽出夏露的下落。

我站起身子，扭轉肩膀。

「你怎麼好像比平常更有幹勁的樣子。」

希耶絲塔看著我輕輕一笑。

「那當然，妳以為我被那個人誤認逮捕過多少次？」

換言之，這次是一雪前恨絕佳的機會。

「來，讓咱們去逮捕警察小姐吧。」

至於罪狀，在找到她之前慢慢想就行了。

浮文字

偵探已經，死了。9

（原名：探偵はもう、死んでいる。9）

著　者／二語十　繪　者／うみぼうず　譯　者／陳梵帆
執行長／陳君平　美術總監／沙雲佩　國際版權／黃令歡、高子甯、賴瑜妗
榮譽發行人／黃鎮隆　美術編輯／陳聖義　文字校對／施亞蒨
協　理／洪琇菁　執行編輯／石書豪　內文排版／謝青秀

出　版／城邦文化事業股份有限公司 尖端出版
台北市中山區民生東路二段一四一號十樓
電話：（〇二）二五〇〇—七六〇〇
傳真：（〇二）二五〇〇—二六八三
E-mail: 7novels@mail2.spp.com.tw

發　行／英屬蓋曼群島商家庭傳媒股份有限公司城邦分公司　尖端出版
台北市中山區民生東路二段一四一號十樓
電話：（〇二）二五〇〇—七六〇〇（代表號）
傳真：（〇二）二五〇〇—一九七九

中彰投以北經銷／楨彥有限公司（含宜花東）
電話：（〇二）八九一九—三三六九
傳真：（〇二）八九一四—五五二四

雲嘉經銷／智豐圖書有限公司　嘉義公司
電話：（〇五）二三三—三八五二
傳真：（〇五）二三三—三八六三
客服專線：〇八〇〇—〇二八—〇二八

南部經銷／智豐圖書有限公司　高雄公司
電話：（〇七）三七三—〇〇七九
傳真：（〇七）三七三—〇〇八七

香港經銷／一代匯集
香港九龍旺角塘尾道六十四號龍駒企業大廈十樓 B&D 室
電話：（八五二）二七八三—八一〇二
傳真：（八五二）二七八二—一五二九

新馬經銷／城邦（馬新）出版集團 Cite（M）Sdn. Bhd.
E-mail: cite@cite.com.my

法律顧問／王子文律師　元禾法律事務所
台北市羅斯福路三段三十七號十五樓

二〇二四年二月一版一刷

■中文版■

郵購注意事項：
1.填妥劃撥單資料：帳號：50003021戶名：英屬蓋曼群島商家庭傳媒(股)公司城邦分公司。2.通信欄內註明訂購書名與冊數。3.劃撥金額低於500元，請加附掛號郵資50元。如劃撥日起 10～14日，仍未收到書時，請洽劃撥組。劃撥專線TEL：(03)312-4212 ・ FAX：(03)322-4621。E-mail：marketing@spp.com.tw

國家圖書館出版品預行編目資料

偵探已經，死了。/ 二語十作；陳梵帆譯．-- 1 版．-- 臺北市：城邦文化事業股份有限公司尖端出版：英屬蓋曼群島商家庭傳媒股份有限公司城邦分公司發行，2024.02-

冊；　公分

譯自：**探偵はもう、死んでいる。**

ISBN 978-626-377-512-1（第 9 冊：平裝）

861.57　　112019501